さよならは言わせない

真崎ひかる

幻冬舎ルチル文庫

CONTENTS ✦目次✦

✦カバーデザイン＝久保宏夏（omochi design）
✦ブックデザイン＝まるか工房

イラスト・陵クミコ✦

さよならは言わせない

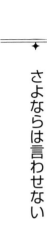

《0》

何度も何度も繰り返した会話を、今日もまた最初からやり直すのかと思えば、気が重い。

けれど、いつまでも黙っていては埒《らち》が明かない。

スッと息を吸い込み、極力感情を抑えた声でこれまでと同じ台詞《せりふ》を口にする。

「だから、あんたとは終わりだって言ってんだろ」

「俺は納得していない。夏芽《なつめ》が、勝手に決めたことだ」

「勝手に決めようがなんだろうが、もう無理」

「俺が納得できる理由を聞かせてくれないと、引き下がれない」

落ち着いた声で反論していた彼は、言葉を切ると、真《ま》っ直《す》ぐに夏芽の目を見て強い意志を伝えてくる。

この男は育ちのいいお坊《ぼっ》ちゃまで、押しに弱そうな優し気な雰囲気と語り口調でいながら……意外と頑固なのだ。

それを知っているから、「別れたい」の一点張りでは引き下がってくれないだろうと予想はついていた。

やはり、これを言わないことにはどうにもならないか。切り札なので、慎重にタイミングを計っていたのだが……。

深くため息をついてテーブルの上にあるマグカップを摑《つか》むと、ぬるくなっているカフェオレを一気飲みする。

コンと音を立ててマグカップをテーブルに戻し、一つ大きく息をついて口を開いた。

「大事にしたい……おれが、護《まも》らなければならない存在ができた」

「……俺よりも？」

惚《とぼ》けたような切り返しだが、この男が大真面目《おおまじめ》に発言していることはわかっている。

夏芽は、意図するでもなく苦笑とも微笑ともつかないわずかな笑みを滲《にじ》ませて、言い返した。

「あんたはさ、おれがいなくても生きていけるだろ。でも、あいつはおれが護らなきゃならない」

「夏芽がいなくても？　そんなの……考えたこともなかった。勝手に、決めつけないでくれないか」

薄ら笑いを浮かべて、軽い調子で言葉を運ぶ夏芽とは対照的に、彼は真顔だ。声も硬く、真剣なのだと伝わってくる。

それがわかっていて、わざと茶化した口調で言い返した。

「考えなくても、そうだろ。あんたの人生に、おれは、デメリットでしかない。だいたいさぁ……最初から、適当に軽く相手してやろうってだけだったのに、マジになられて怖いんだけど」

「好きだって言ったのに、信じてくれていないのか。夏芽も、好きだって……言ってくれたはずだ」

「はは……好き、か。あんただけ、とは言ってないけどな。だいたいピロートークの『好き』なんて、リップサービスってやつじゃないの？」

最低な発言だとわかっている。

でも、それでも……頼むから愛想を尽かしてくれ、背中を向けてくれ、と祈るように思う。

黙って姿を消せば、探し出されてしまうだろうから。

決して追いかける気にならないよう……二度と顔も見たくないと突き放してもらえるよう、わざと彼を傷つける言葉を選ぶ。

「どうして、いきなり……俺を切り捨てようとする？」

怪訝《けげん》に思われるのも尤《もっと》もだ。

少しずつ避けて、離れたがっている素振りを見せておけばよかったと思うけれど……そんな時間の余裕はもうない。

追いかけて、見つけよう……なんて。

そんな気も起きないくらい、傷つけて突き放して、今ここで終わりにしなければならない。

「あんたの相手なんか、していられなくなったからだよ。あんたじゃ、絶対にあいつには勝てない。おれはすべてをかけて、あの子を護るって決めたから」

「あの子……子供？」

啞然《あぜん》とした声で聞き返してきた一言には、軽く頭を上下させる。

「だから、俺が……邪魔になったのか」

動揺に揺らぐ声で、苦しそうに問いかけてきた言葉は黙殺して、グッと奥歯を嚙《か》み締めた。

あんたのほうが、今におれが邪魔になる。

そう喉元《のどもと》まで込み上げてきたけれど、ギリギリのところで飲み込んだ。

「夏芽も、俺を好きでいてくれていると思ったのに」

「……自意識過剰だろ」

知られたくなさそうだったから気づかないふりをしていたけれど、彼が自分に隠しているつもりのフルネームを、覗《のぞ》き見てしまった。免許証に記されたその名字が、地域では誰もが知っている大きな総合病院のものと同じだと……世間知らずな夏芽でも、結びつかないわけがない。

食い下がる彼に、いつまでも遊んでいられる身ではないだろうと……なにもかもぶつけたくなる。

ダメだ。我慢しなければ。

彼に原因があるのだと思わせては、失敗だ。心を残しつつ泣く泣く身を引くような、健気《けなげ》な恋人になる気はない。

さよならの理由は、自分でなければならないのだから。

目を合わせることはできなくて、テーブルの上のカップに視線を落とし……これで止《とど》めとばかりに、用意していた言葉をぶつけた。

「おれのことが本当に好きだって言うなら、おれのために解放してくれよ」

なにも言い返せないらしく、シン……と沈黙が漂った。

小さなテーブルを挟んで向かい側に座る彼がどんな顔をしているのか、確かめる勇気はない。

長い長い沈黙が流れ、感情を窺《うかが》うことのできない低い声が「夏芽」と呼びかけてきた。

「……それが、夏芽の本心か」

「そう」

「……わかった」

短い一言を残し、席を立つ。

バッグを手に持ち……視界から消えるまで。息を詰めて、気配を追った。

そのあいだずっと、その後も数十分間……夏芽はテーブルの上に並ぶ二つのマグカップを凝視したまま、顔を上げることができなかった。

「なんだ、予想よりあっさり引き下がったな。やっぱ、ガキのインパクトは強烈か」

ははは……と小さく笑い、テーブルの上で手を握り締める。

これでいい。こんな最低な人間のことなんか、早く忘れろ。

右手と左手のあいだで視線を往復させて、唇《くちびる》を噛む。

左右の手で、それぞれ一人しか支えられない。

三引く二は一……切り捨てる一をどうすればいいのか、残酷な選択を突きつけるものだと神様を恨んだりもした。

それでも最終的に、彼ではない存在を選んだのは自分だ。

傷ついたのは彼で、カワイソウなのは自分ではない。

だから、手のひらに爪《つめ》が食い込むほど強く拳を握り、頭が痛くなるまで奥歯を食いしばって、すべての感情を抑え込んだ。

大丈夫。

どんな痛みも苦しさも、時間が経てば薄れる。

「……いつかそのうち、ガキだったんだよなぁって、笑える日が来る」

数年後か数十年後かの『いつか』を希望に、すべてを過去にして封じ込めよう。

決して開くことのない箱に封印して鍵をかけ、誰にも触れられない奥深くに埋めてしまおう。

両腕で大切なものを包み込むようにぬくもりを与えられ、何度も「好きだよ」と繰り返されて、ここに存在するだけでいいのだとすべてを許された。

あの日々をなかったことにはできないから、せめて見えないところに閉じ込める。

それでいい。

間違っていない。

……そのはずだ。

《一》

夜の街は、嫌いではない。

雑多な言語による会話が行き交う人混みと、道端に置かれた看板、日中の無機質な外観とは別物のようにライトアップされたビル。

清涼とは言い難《がた》いものでも子供の頃から慣れ親しんだ空気は、おまえが生きる世界はここなのだと夏芽に思い知らせているかのようで、自然と足取りが軽くなる。

「あ、おーいナツメ。なにやってんの？　俺ら、腹減ってバーガー食いに行くんだけど、おまえも来る？」

三階までファストフード店が占めているビル前で、今まさに自動ドアを入ろうとしていた数人のグループに呼び止められた。

足を止めた夏芽は、チラリと目を向けて笑い返す。

「あ、悪い。おれ、呼び出し」

「なんだよ、女か」

夏芽が口にしたのは「呼び出し」の一言なのに、相手は女性だと決めつけてくる。否定も肯定もせずに笑みを深くすると、後ろにいたやつらが勝手に盛り上がり始めた。

「相変わらず、女が途切れないな。羨ましいぞ」

「ナツメは、お姉様にモテるんだよなぁ。オレも、弟キャラを目指そっかな」

「バーカ、おまえじゃ無理。ナツメがウケてるのは、見た目もあるだろ。キレイ系のカワイ子ちゃん。女に警戒心を抱かせないからなぁ」

「……顔面は、整形でもしない限りどうにもならねーな」

当の夏芽を蚊帳《かや》の外に追い出して、わいわいと楽し気に勝手なことを言い合っている夜遊び仲間に、「もう行くからな」と手を振っておいてその場を離れた。

数メートル歩いたところで、地面に向かって不機嫌に吐き捨てる。

「好きなように言いやがって。誰がカワイ子ちゃんだ」

カワイ子ちゃん呼ばわりされる夏芽の身長は、現在百六十八センチ。もう少し、上背に加えて体重も欲しいところだが、小綺麗《こぎれい》だと言われるこの外見がなにかと便利なのは間違いではない。

「っと、……アキナ？」

デニムパンツのポケットで振動するスマートフォンを取り出して、「はいはい」と耳に押し当てた。

「もうすぐ着くから」

道草を食ったせいで、遅い……と文句を言われるのだと思い、先手を打つ。

けれど電話の向こうから聞こえてきた台詞は、夏芽がわずかながらでも申し訳なさを感じたことを悔やむものだった。

『ゴメーン、お迎えなしでいい。ユースケと待ち合わせしてるから』

軽い「ゴメーン」は、悪いなどと微塵《みじん》も感じていなさそうな口調だ。思わず眉《まゆ》を顰《ひそ》めて言い返す。

「はぁ？　おれ、店まで五分くらいの所まで来てんだけど」

道の真ん中で立ち止まりそうになり、道の端に移動して「なんだよそれ」と唇を尖《とが》らせる。

それなら、もっと早くに連絡してほしかった。完全な無駄足だ。

夏芽が苦情を重ねるより早く、「さっき連絡が来たの」と拗《す》ねたような声が返ってくる。

『ホントにゴメン。お詫《わ》びするし許して？』

「……ユースケは、きちんと護れんのかよ」

常連客からのストーカー行為は、今のところコソコソ尾行してくるだけだ。でも、いつエスカレートするかわからない。

その『ユースケ』とやらに任せても大丈夫なのかとトーンを落とした夏芽に反して、電話の向こうから聞こえる声は、当事者のくせしてなんとも緊張感に欠けるものだ。

『うんうん。へーキ。じゃあね。おやすみ。あっ、きちんと学校に行きなよ』

「って、おい……唐突に年上ぶってんなよ……」

言いたいことは言ったとばかりに、プッと途切れた通話に嘆息して、ボトムスのポケットにスマートフォンを捻《ね》じ込んだ。

さて、どうするか。今更仲間たちに合流する気分ではないし、……帰るか。

ため息をついて回れ右をすると、駅を目指して来た道を戻る。

終電が近いせいか、駅が近づくにつれ同じように早足で歩くサラリーマンや学生風の人が増えてきた。

「……？」

ふと、背の高いビルに挟まれた路地の奥から、なにやら言い合っているような声が聞こえてきたような気がして、何気なく覗き込む。

街灯やネオンの光がわずかに差し込む暗がりに、人影が……。

「あー……だっせ。三対一かよ」

見るからに質《たち》のよくない服装の三人が、ここからはよく見えない一人を囲むようにして、脅しをかけている……と思われる。

どう見ても、恐喝現場だ。

「カツアゲかオヤジ狩りか」

どちらにしても、自分より弱そうで現金を持っていると推測した相手をカモに定めて、巻き上げようとしているに違いない。

ムカッと頭に血が上ったのは、正義感……というよりも、八つ当たりに近い。

「これ、人助けだよな。蹴ったり殴ったりしても、あっちが数で勝ってんだし……おれは悪くない」

無闇に乱闘を起こすわけではない。偶然目撃した犯罪現場から被害者を救うため、という正当な理由がある。

ゲームを中断して、請われるまま迎えに来たのに、無駄足になってしまったことに対するストレス発散ができる。

……と頭を過《よぎ》った本音は、語らなければ誰にもわからない。

「よし。正義のヒーロー参上……っと」

にんまりと笑みを浮かべた夏芽は、手首を軽く揺らして準備運動をしながら路地に向かって大きく一歩踏み出した。


「ッ、ぅ」

一人目を地面に沈め、二人目の鳩尾《みぞおち》に膝《ひざ》を食い込ませる。低く呻《うめ》いて腹を抱えた男の背中に、両手を握り込んで作った拳を叩《たた》きつけた。

あと、一人。

ふっと息をついて顔を上げた直後、

「走って」

短い一言と同時に、肩に手を置かれた。

これまで存在を忘れかけていた男の声で我に返った夏芽は、ビクッと肩を震わせる。

「え……、まだっ」

「いいからっ」

戦いの途中で逃げるのは、信条に反する。

そう未練を残す夏芽の手首を摑んできた男に、意外と強い力でぐいぐいと手を引かれて路地から連れ出された。

そのまま夏芽の手首を摑んで駅とは反対の方向へ走り続けた男は、ビルに囲まれた歪《いびつ》な三角形の小さな公園脇で足を止めた。

「このあたりまで来たら、も……大丈夫」

チラリと振り向いてそう口にしたかと思えば、自分の膝に手をついて背中を丸め、ゼイゼイと肩で息をしている。

「あんた、結構走るの速いな」

はぁ……と深呼吸をした夏芽は、まだ同じ体勢で荒い呼吸を繰り返している男の背中をポンポンと軽く叩いた。

「おーい、大丈夫？　オジサン……おにーさんか」

覗き込んだ男の顔は、予想より若い。自分よりは確実に年上だが、オジサン呼ばわりはさすがに申し訳ない年頃だろう。

「はー……大丈夫」

ようやく乱れていた息が整ったらしい。深く息をついた男は、話しかけた夏芽に慌てた様子で居住まいを正して頭を下げた。

「あ……あの、ありがとう。小さいのに強いね」

顔を上げた男は、意外なことに、身長百七十センチ……に少し届かない夏芽が仰向《あおむ》かなければならないような、長身だった。

「小さいは余計だろ。あんたは見かけ倒しか？　見た目はそれなりなのに、大人《おとな》しくカモられてんなよ」

見上げた角度から推測して、夏芽よりも十五センチほど上背がある。それだけで、なんとなく腹立たしい。

しかも、ひょろひょろとした縦に長いだけの長身ではなく、肩幅や身体《からだ》の厚みもそれなりにあって……なかなかよろしい体格だ。

普通なら、夜の街を一人で歩いていたところで絡まれそうにない外見だが、この男の場合は身なりが原因だろう。

皺《しわ》のない白いシャツに、濃紺のジャケット……ストレートのパンツ。年齢は、もうすぐ十八歳の夏芽よりずっと上……二十代半ばといったところか。

ザッと全身に視線を走らせただけで、夏芽の頭に浮かんだ感想は「育ちのいいお坊ちゃん」だ。

袖口《そでぐち》からチラチラ覗く腕時計や肩からかけたバッグも、ブランド物を知らない夏芽には値打ちがわからないだけで、きっと見る人が見れば価値のあるものに違いない。

しかも、短すぎず長すぎず清潔感のある黒髪は、ちょろ……お行儀がよさそうだとしか言いようがなく、ここまで品行方正を体現しているタイプは昨今珍しいのではないか。

「そこ、座って……ちょっと待ってて」

公園と歩道を隔てる、コンクリートのブロックに腰《こし》かけるよう促す。男は、確実に年下だとわかっているはずだが夏芽の言葉に素直に従った。

数メートル先で明るい光を放つ自動販売機でスポーツ飲料のペットボトルを買い、男の脇に戻った。

「ん」

キャップを開けてぶっきらぼうに突きつけると、「ありがとう」と照れたように笑って受け取る。

遠慮する余裕はないのか、三分の一ほどを一気に喉へと流して、はぁ……と大きく息をついた。

「どうしたものかと、困っていたんだ。本当に助かった」

夏芽を見上げた男は、はにかんだ笑みを浮かべる。

ホッとした顔の男とは対照的に、夏芽は不完全燃焼だ。どうせなら、三人全員を地面に這《は》い蹲《つくば》らせてやりたかった。

「なんで、途中で……あんただけ逃げればよかったのに」

一人で逃げ出したとしても、夏芽は薄情者だとか恩知らずだとか思わなかった。むしろ、放っておいてくれたほうがありがたかった。

不満を声に滲ませると、男は端整な顔から笑みを消して首を横に振る。

「そんなわけにはいかない。最後の一人、ナイフを取り出したの見えなかっただろう？」

「……見てない」

ナイフだと？

群れでなければ悪事を働く度胸もないというだけで十分情けないが、刃物を持ち歩くなど最底のロクデナシだ。

眉を顰めて地面を蹴った夏芽に、男は見ているだけで気の抜けるような笑みを浮かべた。

「じゃあ、やっぱり強引に連れ出してよかった」

これでは、どちらが助けたのか……助けられたのか、わからなくなりそうだ。

右手でガリガリと自分の頭を掻《か》いた夏芽は、「あ」と目をしばたたかせる。

のんびりしていたが、もしかしてそろそろ終電が出てしまうのではないだろうか。ここから自宅まで歩けない距離ではないが、一時間近くかかる。

「やべ、ギリギリだ。おにーさん、マジでカモネギっぽく見えるから夜の一人歩きは気をつけなよ。じゃね！」

「あ、君……えっと」

身体の向きを変えようとした夏芽を呼び止めて、困った顔で右手に握ったペットボトルを持ち上げた男に、律儀だなと笑って見せる。

「気にしなくてい一よ。奢《おご》り！」

「じゃなくて」

まだなにか言いたそうにしていたけれど、急がなくてはいよいよ終電に間に合わなくなる。

バイバイと手を振り、言葉の終わりを待たずに走り出した。

その背中に向かって、「名前を」とかナントカ彼の声が追いかけてきたけれど、聞こえなかったふりをして小走りで駅へと向かう。

外見の印象や身なりだけでなく、立ち居振る舞いや言葉遣いまでなんとなくお上品な男だ

った。

自分の周りにはいないタイプだ。会話のテンポも、微妙にずれていて……なんだか調子が狂う。

「大丈夫かねぇ」

あそこに一人、置いてきて大丈夫だったたか？

そうチラリと頭を過ったが、明るいし人通りもあるので、さほど危ない目には遭わないだろう。

終電を逃しても、あの男なら当たり前のようにタクシーを使いそうだし……夏芽より年上なのだから、自力でどうにかするはずだ。

それより、タクシー利用など最初から選択肢にない自分のことを心配しなければ。

「うわ……いけるかな」

ビルの電光掲示板に表示されているデジタル時計をチラリと横目で確認して、走るスピードを上げた。

□　□　□

「いいから、金出せって」

「ビビッて声も出ねぇの～？」

三……四、五人か。

夜の街での揉《も》め事は、珍しくない。巻き込まれると面倒なので、見て見ぬふりをするのが一番だ。

女性が、質の悪い酔っ払いに一方的に絡まれているようなら例外的に助けるけれど、顔を突き合わせているのが全員男性なら知ったことではない。

そう、足早に通り過ぎようとしたのだが……ふと、その中の一人に見覚えがある気がして視線を向けた。

「……おいおい、またかよ」

ピタリと足を止めた夏芽は、思わず小声でぼやいて苦笑を滲ませた。

あの男は、夜の街を徘徊《はいかい》するアウトローを惹《ひ》きつける、妙なフェロモンでも放っているのではないだろうか。

それとも、搾取する対象を常に求めている連中の目には『葱《ねぎ》を背負《しょ》った鴨《かも》』に見えているのかもしれない。

「葱を背負っているだけじゃなくて、準備万端に鍋とスープまでぶら下げている感じ？」

見るからにお上品な空気を漂わせている上に、上質なものに囲まれています……という身なりをしているのだ。

夏芽は、「知ってる顔を見ちゃったから仕方ねーなぁ」と、大きなため息をついて右手で拳を握った。

今夜のお相手は、四人だ。正攻法で向かっては、いくら腕に自信のある夏芽でも勝てないかもしれない。しかし、こちらに背中を向けていて完全に油断しているので、奇襲攻撃は容易《たやす》い。

不意打ちという卑怯《ひきょう》な手に出る自分に「四対一だしな」と言い訳をして罪悪感に蓋をすると、向かって右側に立つ男の膝の後ろを蹴りつけた。

「うわっ、誰だ！」

「名乗るほどの者ではございません、っと」

お約束の台詞にふざけた調子で返しながら、もう一人の男の膝裏を蹴る。こちらも呆気《あっけ》なく道路に崩れ落ち、ふんと鼻で笑って見下ろした。

残りの二人には、力いっぱいシェイクしたペットボトルのキャップを開けて、噴き出した炭酸飲料を顔面に向かってお見舞いする。

「ぶわっ、目……っ」

「イテテ、沁《し》みるっ！」

身構えていなかった男たちは、泡だらけになった顔を押さえて悶《もだ》えている。無様で愉快な光景だ。

「あ……君は」

「あんた、なんでまた絡まれてんだよ」

男たちの壁がなくなったことで、絡まれていた人物の姿がハッキリと見えた。戸惑いを滲ませた目で夏芽を見ているのは、思った通りの青年だ。

「ってぇ……なんだよおまえっ」

地面に崩れていた男たちが立ち上がりかけたことに気づくと、彼はハッとした顔で夏芽の手を摑んだ。

「おっと、走ろう！」

「えっ？　なっ……またかよっ？」

強く手を握り、またしても夏芽に有無を言わせない勢いで走り出す。

決着がつくまで戦わずして戦線を離脱するなど、夏芽の信条に反する。なのに、どんくさそうなくせして意外と走るのが速い青年に強引に手を引かれ、釣られて走り続ける。

ようやく立ち止まったのは、走り始めて十分近く経過した頃だった。男たちから遠く離れたことで安堵《あんど》したというより、持久力の限界に達したのだろう。

その場に棒立ちになった男は、夏芽の手を握ったまま忙《せわ》しない呼吸を繰り返している。

「っ……もう離せ、っよ」

「ごめ……っ」

荒い呼吸の合間に手を離せと訴えると、彼は慌てたように夏芽の手を離した。

続けて言葉を発する余裕はないらしく、背中を丸めて膝に手をつき、ゼイゼイと肩で息をついている。

深呼吸をさらに数回して顔を上げると、夏芽に勢いよく頭を下げた。

「あの、っ……ありがとう」

「ああ……知った顔だったから、まぁ……お節介だと思ったけど」

知り合いというほどではないが、一度でも関わったことのある相手だと思えば見捨てられなかった。

余計なお世話かと苦笑した夏芽に、男は首を横に振って否定する。

「そんなことない。助かったよ。この前も思ったけど、惚《ほ》れ惚《ぼ》れするくらい強くて、格好いいね」

「……どーも」

明らかに自分より年上の男に手放しで褒《ほ》められると、むず痒《がゆ》い気分になる。

夏芽は明後日の方向に視線を逃がしてぶっきらぼうに答えたのに、彼はやけにストレートに言葉を続けた。

「小さいのに、全然怯《ひる》まないし……こんなに腕も足も細くて、立派な図体《ずうたい》の男を蹴り倒すことができるなんてすごいよ」

この男に悪気はないのだろうし、きっと正直なだけなのだと思う。でも、ムカッとした……のは、夏芽の勝手なコンプレックスのせいだ。

「だから、小さいは余計だっての。どうせおれは、チビだよ。あんたは、マジで見かけ倒しだけどなっ」

夏芽は悔し紛れに嫌味を言い放ったのに、男は照れたように笑う。

「よく言われる。喧嘩《けんか》はできれば避けたいのに、何故《なぜ》かよく絡まれるんだよね。周りに、喧嘩を売りながら歩いているように見えるのかなぁ」

「違うだろ。喧嘩を売られたと思って絡んでんじゃない。いいカモが歩いてるって目をつけて、たかってきてんだよ」

「鴨？　って、鳥の？　鴨に鷹《たか》……る？」

よくわかっていない顔で首を傾《かし》げた男に、ガクリと肩を落とした。

印象通り、本当に育ちのいいお坊ちゃんなのだろう。

「ともかく、気をつけて街を歩けよ。つーか、陽が落ちてウロウロしないほうがいいんじゃねーの？　リーマンっぽくないから、学生？」

「いや、学生……ではない。今日は、この辺りに来たら君に逢《あ》えるんじゃないかと思って……。本当に逢えた」

にっこりと笑いかけられた夏芽は、「はぁ？」と怪訝な顔を返す。

それは、女性に向かって言うべき台詞ではないだろうか。大抵の女性は、そんなふうに話しかけられたら頬《ほお》を染めて、呆気なくこの男に落ちそうだ。

「よくわからんけど、逢いたかったって？　じゃ、目的は達成したってことだよな。もう変なのに引っかからないように気をつけて帰れよ」

苦笑した夏芽は、バイバイと手を振って踵《きびす》を返そうとしたけれど、「ま、待って」と腕を摑んで引き留められる。

優男かと思えば、意外と握力が強い。

「なんだよ」

なんとなく悔しいので、摑まれた腕の痛みを感じていないふりをして振り向く。睨《にら》みつけると、彼は真っ直ぐに夏芽を見据えていた。

「お礼を、させてもらえないか。君に時間があれば……だけど」

「あー……暇だけど」

お礼をしたいと申し出ているほうにもかかわらず、奇妙なほど一生懸命な顔をしているから、ついうなずいてしまった。

すると、端整な顔に心底嬉《うれ》しそうな笑みを浮かべる。

「どこか、レストランに……フレンチは好き？　イタリアンのほうがいいかな？」

「フレンチ……って冗談だろ。ファミレスかファストフードでいい。むしろ、そうじゃなきゃ無理」

この男の口から出た『フレンチ』やら『イタリアン』は、きっと夏芽が知っている庶民の味方価格の大衆レストランではない。

そぐわない場に連れ込まれるなど、謝礼ではなく嫌がらせだ。

「わ、わかった。ええと……そこ、でいいかな？」

男は、夏芽がその手の店になどつき合えないと答えると、焦った様子で周りを見回して横断歩道の向こう側にあるビルを指差した。

様々な店が同居するテナントビルの二階と三階の窓に、夏芽にも馴染《なじ》みのあるファミリーレストランが入っていることを示す看板が出ている。

「ああ。あそこなら」

「じゃあ、行こう」

ホッとした顔でうなずいた男は、夏芽の気が変わることを恐れているように、腕を握ったまま大股で歩き出した。

……変なやつ。夏芽が、絡んできた連中と同じ類《たぐい》の人間かもしれないなどとは、疑っていないのだろうか。

勢いに負けて促されるまま歩く夏芽は、前を行く男の広い背中と長い腕を、ムッとして睨みつけた。

手が大きいし、力も強い。弱いくせにいいカラダしやがってと、悔しさに奥歯を噛む。

彼には非のない、完全な言いがかりだとわかっているけれど。

《二》

テーブルを挟んで向かい合った少年は、真剣な表情でメニューを見詰めている。頭を動かすと、さらさらと触り心地のよさそうなミルクティーベージュの髪が揺れて、無意識に手を伸ばしかけた。

「本当に、なんでもいいのか？」

「っ」

ちらりとこちらを見上げて尋ねてきた彼に、ビクッと手の動きを止める。心臓が奇妙に鼓動を速め、動揺を誤魔化すために微笑を滲ませてうなずいた。

「もちろん。好きなものを、好きなだけどうぞ」

「やった」

随分と素直な性格らしく、嬉しそうに笑って小声で零《こぼ》すと唇を緩ませたままページを捲《めく》っていく。

不躾《ぶしつけ》に見ていたことは、気づかれていないようだ。メニューブックの陰に隠れるようにして、再び視線を送った。

メニューを持つ指も、シャツの袖口から覗く手首も自分より遥かに細くて……庇護欲《ひごよく》さえ湧いてくる。

こうして見ていると、彼自身より体格のいい複数の男を相手に立ち回り、殴り飛ばしたり蹴り倒したりする姿など想像がつかない。

選び終わったのかメニューから顔を上げた彼と目が合い、にっこりと笑いかけた。

「決まった？　店員さんを呼んでいい？」

「うん」

うなずいたのを確認して、フロアを歩いているウエイターに合図をする。

テーブル脇で足を止めて、「ご注文ですか？　どうぞ」と端末を手にしたエプロン姿の女性に、「コーヒーフロートを」と短く告げる。目の前の少年を視線で促すと、メニューを捲りながらオーダーを列挙した。

「和風ハンバーグセット、ライスで……コーンスープ、グラタンとから揚げ&ポテト、苺《いちご》のパンケーキにアイスクリームの盛り合わせ」

手早く端末に入力したウエイターはオーダーを復唱して確認すると、「少々お待ちください」とフロアの奥に歩いていった。

両手に持っていたメニューブックをテーブルの隅にあるラックに置き、チラリとこちらを見遣《みや》った少年と視線が絡む。

「なんだよ。チビのくせに、よく食うなとか思ってんの？」

「いやいや、好きなだけどうぞと言ったのは俺だし、君のことをチビだなんて思っていない」

笑うでもなく即答で否定する。彼は、少し気まずそうに「そうかよ」と唇を尖らせた。

こうして改めて目にすると、綺麗な子だな……と感嘆する。

ミルクティーベージュの柔らかそうな髪に、猫のようにくるくると動くアーモンド形の瞳、身長は百八十センチを少し超える自分より十五センチほど低いと思うが、細い身体でも生命力に溢《あふ》れていて決して弱々しくはない。

「キミとか……気持ち悪いんだけど」

遠慮のないストレートな台詞は、心地よかった。言葉と表情が直結していて、裏のない性格なのだろうと想像に難くない。

「あ、そうだ。名前を聞きたかったんだ。どう呼べばいい？」

助けてくれたお礼をろくに言えなかった……ということに加えて、名前を聞けなかったことを悔やんでいた。

キミと呼ばれることが本当に嫌らしく、彼は不承《ふしょう》不承《ぶしょう》だと隠そうともせず口を開く。

「……大原《おおはら》」

「ファーストネームは？」

大原は、ファミリーネームだろう。

フルネームを知りたくて質問を重ねると、

「嫌いだから言いたくない。女みたいな名前でさぁ、しょっちゅう笑われるんだよ」

ボソッと短く口にして、ぷいっと横を向いてしまった。

機嫌の善《よ》し悪《あ》しさえ取り繕《つくろ》うことのない、素直な言動が心地いい。

自分も『北白河《きたしらかわ》』という多数派ではないファミリーネームが好きではないので、名乗るのが苦手だというのはわからなくはなかった。

彼が名前を言いたくないのなら、無理に聞き出そうとは思わない。

でも、理由がそういうことなら……。

「笑わないよ。俺の名前はね、鼎《かなえ》っていうんだ」

「カナエ？」

「うん。漢字だと……こう」

テーブルに置いてある『お客様ご意見カード』を一枚拝借して、備えつけの鉛筆で余白部分に『鼎』と書き記す。

鼎の口にした名前と一文字だけ記した漢字を見ていた彼は、目をしばたたかせて……微笑を浮かべた。

「……ふーん。カナエね」

女性にも使われる音の名前をこちらが先に披露したことで、警戒心を薄れさせてくれたらしい。

「じゃ、いっか。おれはさ、こう……で、ナツメ」

唇を綻《ほころ》ばせて鼎の手から鉛筆を抜き取った彼は、鼎の記した名前の隣に力強い筆跡で『夏芽』と並べる。

夏芽、か。確かに男女兼用の名前だと思うが、彼にはよく似合っている。

「おれ、八月生まれなんだよ。生みの親が、向日葵《ひまわり》が好きだったらしくってさ……夏に芽を出す、ってバカだと思わね？　向日葵って夏に花を咲かせるものであって、芽を出すのはもっと早く……春から初夏くらいだろ」

ケラケラと笑った彼は、確かに名前の由来らしい大輪の向日葵の花を連想させる。全然、名前負けしていない。

「でも、いい名前だよ。君によく似合っている。向日葵みたいに力強くて、鮮やかだ」

「……だから、キミってのを止めろって。変な大人」

ぶっきらぼうに口にしたけれど、これは……照れているに違いない。鼎は、そっぽを向いた夏芽の耳が赤くなっていることを、見逃さなかった。

「夏芽くん、でいい？　俺のことは、鼎って呼んでくれたらいいから」

夏芽は、こちらがファミリーネームを伝えなかったことに、不自然さを感じていないようだ。

「夏芽くんなんて、誰も呼ばねーし……夏芽でいいよ」

鼎がファーストネームで呼んでもいいかと尋ねると、照れくさそうに、呼び捨てでいいと言い返してきた。

馴れ馴れしい、名字で呼べ。と顔を背けられなかったことにホッとして、無意識に笑みを深くする。

「それじゃ、遠慮なく……夏芽は高校生？」

「そっ。高三……ピチピチの十七歳。カナエは、二十歳超えてるよな。サラリーマンって感じじゃないけど、学生？」

チラリとこちらを見上げてきた夏芽の目は、好奇心でキラキラと輝く子猫の瞳のようだ。

そこから伝わってくるものは純粋な興味で、自分に近づいてきてはなんとかバックグラウンドを探ろうとする女性たちから感受する不快感は、まったくない。

「医者の雛《ひな》」

だから隠さず正直に答えたのだが、夏芽は目をしばたたかせてわずかに首を傾げた。そんな仕草も、子猫のようで愛らしい。

「卵じゃなくて、雛？」

「一応、卵からは孵《かえ》ってるからね。……研修医なんだ。まだまだ修業中」

「それって、雛？　でも、医者って、へー……エリート様だ」

研修医という制度や立場がどんなものなのか、よくわからないのだろう。曖昧に首を捻《ひね》り、医者という言葉の響きから連想したであろう一言をつぶやく。

エリート様、という嫌味っぽく聞こえそうな響きの一言も、夏芽の口から出ると不思議なことに不快な空気を微塵も纏《まと》っていなかった。

なんだろう。この少年からは、他意や裏というものの気配さえ窺えない。腹の奥底を探る必要性を感じなくて、すごく楽だ。

鉛筆をくるくると右手の指で回しながら、夏芽が続けた。

「おれ、バカだし勉強嫌いだからよくわかんないけど……医学部に入るのって、すっげー勉強したんだろ？　偉いなぁ」

感心するのは、その部分なのか。

馬鹿だと口にしつつ必要以上に自分を卑下している様子はなく、頭がいいんだなと別格扱いするのではなく「勉強をしたのだろう」と努力を称賛する。

自然とそんなふうに言ってのける彼は、心根が真っ直ぐに違いない。

「……他に、やることがなかったってだけなんだ。偉くはないよ」

「えー……でもさぁ、おれならどんなに暇でも勉強なんかしたくない。教科書なんか、授業中に突っ伏して寝るための枕みたいなもんだし」

「枕……。その使用方法は斬新だな。考えたこともなかった」

真顔でつぶやいた鼎に、夏芽は目を丸くして……ぶはっと噴き出した。なにがそんなに面白いのか、テーブルに突っ伏して肩を震わせている。

「あんた、変……っつーか、面白《おもしれ》ぇ」

「それは初めて言われたな。夏芽のほうが、面白いと思うけど」

「いやいや……」

ウエイターが「お待たせしました」とテーブルの脇に立つまでテーブルに肘《ひじ》をついて笑っていた夏芽は、ライスの皿とハンバーグの鉄板が置かれた途端、目をキラキラさせて背筋を伸ばした。

「いただきますっ」

パンと両手を打ちつけると、即座にフォークとナイフを手に取った。

それきり一言もしゃべらず、気持ちのいい勢いで目の前に並ぶライスやらハンバーグやらを食べ進めて行く。豪快なのに下品ではない食べっぷりに、鼎は言葉もなく見惚れるばかりだ。

子犬とか子猫の食事風景を見ていると、和《なご》む……と話していた看護師の気持ちが、初めて理解できた。

デザートまで胃に収めるのに、三十分とかからなかったはずだ。

「ごちそうさまでした！」

食べ始めと同じく、両手を合わせて食後の挨拶《あいさつ》を口にする夏芽は、きっと見た目の印象よりずっといい子だ。

鼎は、にこにこ笑いながら「それで足りる？」と何気なく尋ねた。返ってきた言葉は、予想外の「腹八分ってところ」というものだったのだが。

「夜中だし、これくらいにしておく」

「……若いなぁ」

いや、自分が夏芽と同じくらいの年頃の時は、小腹が空《す》いてビスケットを齧《かじ》っても、深夜にハンバーグを食べようなどと考えたこともなかった。なのでこれは、年齢的なものではなく個人差だろう。

約束通り鼎が会計を済ませてファミリーレストランを出ると、路上で向き合う。夏芽は、満足……と自分の腹を軽く叩いて、笑いかけてきた。

「なんか、礼にしてはもらいすぎって感じだけど……ありがと。もう絡まれんなよ」

じゃあ、と呆気なく背を向けられそうな気配を察した鼎は、「あのっ」と咄嗟《とっさ》に夏芽の腕を摑む。

「あっ、ごめん」

大男を殴り飛ばしていたとは思えない細い腕に今更ながら驚いて、あたふたと手を離した。

「また、逢えるかな」

真剣に問いかけた鼎に、夏芽はきょとんとした顔で目をしばたたかせた。数秒の間があり、イタズラっぽい笑みを浮かべて顔を覗き込んできた。

「……オトモダチになりましょうって？」

きっとわざと、揶揄《やゆ》するような響きで聞き返している。

鼎が自ら発言を撤回するよう、仕向けているのだと薄々伝わってきたから、大真面目に答えた。

「ああ。夏芽が嫌でなければ」

決定権を握っているのは夏芽のほうだと、ハッキリ告げる。

夏芽は、これまで自分の周りにはいなかったタイプだ。それは夏芽にしても、同じようなものだろう。

「カナエ、面白いし……嫌じゃないけど、んー……」

鼎の真意を探ろうとしてか、ジッと目を合わせてくる。正面から受け止めて視線を逸《そ》らさずにいると、夏芽のほうが根負けしたらしい。

「ま、いっか。じゃ、カナエが飽きるまでオトモダチな」

そう笑って、ポンポンと二の腕を叩いてきた。

ホッとした鼎は、肩の力を抜いて深く息を吐く。夏芽の答えを待つあいだ、自覚していたよりも緊張していたらしい。

「連絡先とか……」

「ん、スマホ出して」

手早く互いの連絡先を交換して、今度こそ「またな」と別れる。

夏芽の背中が見えなくなるまで見送った鼎は、これまで感じたことのない高揚感に包まれて、スマートフォンをギュッと握り締めた。

「ナツメ……夏芽」

ようやく知ることのできた名前をつぶやくだけで、胸の奥が甘く疼《うず》く……その理由は、わからないけれど。

□□□

「鼎さん、研修が忙しいのね。最近、帰りも毎日のように遅いみたいだし……身体を壊さないか、心配だわ」

朝食を食べ終えるのを待っていたのか、コーヒーカップに手を伸ばしたのとほぼ同時に母親が話しかけてきた。

家政婦が、鼎の前にある用済みになった白い皿を下げるのを何気なく目にしながら、コーヒーを一口含んで言い返す。

「大丈夫です。俺だけでなく、同期は皆が同じですよ。今日も帰りは遅くなると思いますので、待たずにお休みになっていてください」

「……そう。わかったわ」

鼎の言葉に、母親は納得したような……まだ言いたいことがあるような、曖昧な笑みを浮かべて小さくうなずき、口を噤《つぐ》んだ。

地域の拠点病院と呼ばれる総合病院の院長を務めている父親は、研修医の自分より遙かに多忙な日々を送っている。それを知っているから、そういうものなのだろうと受け止めたに違いない。

ミルクを落として温度を下げたコーヒーを飲み干して、「ごちそうさまでした」とダイニングテーブルから離席する。

帰宅が遅い理由は、研修医として激務に励んでいることだけが原因ではない。夜の浅い時間に帰宅できそうな日は、最近できたばかりの新しい友人と待ち合わせをして数時間を過ごしているせいだ。

「……俺、もう二十五なんだけどなぁ」

いくつになっても子ども扱いしたがる母親を前にして、なんとなく込み上げてきた息苦しさが、夏芽の顔を思い浮かべると途端に鎮まるから不思議だった。

出勤の準備のため自室に向かって廊下を歩いていると、扉の開く音と同時に妹の声が背中を追いかけてきた。

「鼎兄さん、ちょっと待って」

「うん？」

廊下の真ん中で足を止めて、振り返る。

自室の扉を開けたまま廊下に出てきた妹は、鼎より先に朝食を終えていたが、身支度《みじたく》を整えている途中のようだ。化粧の邪魔になるらしい長い前髪をクリップで留め、……左側だけ眉毛が薄い。

外では、才色兼備のお手本のように言われているのに、随分と無防備な状態だ……とかすかな苦笑を浮かべる。

「園部《そのべ》先生の解剖学の本、持っていたわよね。借りてもいい？　大学図書館のものが貸し出し中で、書店でも取り寄せに時間がかかるらしくて」

「ああ……勝手に部屋に入って、持って行ってもいいのに」

そう言いながら自室の扉を指差した鼎に、妹は表情を曇らせて首を横に振った。

「そんなわけにはいかないでしょ」

「気にしなくていいよ。ちょっと待ってろ」

妹は、鼎が卒業した医科大学の後輩にあたる。遠慮しなくてもいいのに、時おり資料や受講している教授の著書を借してほしいと頼みに来るのだ。

書棚から分厚い本を取り出すと、戸口で待っている妹に手渡した。

「返却はいつでもいい。見られて困るものはないから、勝手に持ち出していいよ。急ぎで必要なこともあるだろう?」

「……ありがとう。あまり家にいないようだけど、そんなに忙しいの?」

母親と似たようなことを尋ねてきた妹に、苦笑して曖昧に首を振った。

研修医という身分は、下働きにも等しい。夜勤も残業も、当然のように回ってくる。

病院での研修が忙しいと言えないこともないが、自分の場合は自己都合で帰宅が遅くなる日も多いので、大変なんだと答えるのは忍びない。

「あ……不躾なことを聞いちゃったかしら。ごめんなさい。兄さんにも、デートする相手がいてもおかしくないわよね」

鼎の表情からなにを読み取ったのか、申し訳なさそうに謝る妹に苦笑を深くした。

夏芽を『デートする相手』だと誤解され、心臓が奇妙に脈打った理由は謎だが。

「いや、デートというか……最近、少し変わった友人ができて」

夏芽のことをどう説明すればいいのか、迷って言葉を濁したことが『デートする相手』という妹の推測を強化してしまったらしい。

「私にまで隠さなくていいのに。どこのどんなお嬢《じょう》さんなの、とかうるさそうな母さんには内緒にしておく」

ふふふ、と楽しそうに笑った妹は、本を持っていない左手で鼎の腕をバシッと叩いて自室に戻って行った。

戸口に取り残された鼎は、扉を開けたまま立ち尽くす。

「……デートって」

曖昧な態度を取ったせいで、妹の中では決定的なものにされてしまった。

夏芽は男子高校生で、同性の鼎と夕食を共にしたところでデートという言葉が当てはまる関係性ではない。

彼と出逢ったのは、半月ほど前だ。

教師や大人たちからはお行儀がいいと褒められる、見た目の印象で侮られるのには、幼少期から慣れている。面倒な連中に絡まれるのも、初めてではなくて……誰だって厄介ごとに関わりたくないだろう、路上で揉めていても他人に割って入られたことは一度もなかった。

ただ、誰かに頼ることなく自力で逃れる術《すべ》は知っていたので、助けを求めようと思ったことなどなかった。

その時も、どのタイミングで彼らを躱《かわ》して切り抜けようか、隙を窺っていたところで——

颯爽《さっそう》と夏芽が現れたのだ。

華奢《きゃしゃ》と言ってもいい小柄な少年は、自分より体格のいい男たちに躊躇《ためら》いなく立ち向かい、鮮やかに蹴り倒した。

まるで、本来なら太陽の下で咲く大輪の花が、夜の街でスポットライトを浴びて花弁を広げているかのようで……場違いなようでいて、あまりの華やかさに目を離せなかった。

名前も名乗らず別れたことを後悔し、もう一度逢いたくて彷徨《さまよ》っていた繁華街でまたしても数人の男に取り囲まれたのは、決して計算しての行動ではない。でも、結果的にそれが功を奏して夏芽と再会することができた。

お礼を口実にレストランに誘い、改めて会話を交わした彼はやはり気のいい少年で、もっと彼のことを知りたい……この笑顔を近くで見ていたいという欲求が高まるのを、抑えられなかった。

咄嗟に口から出た「また、逢えるかな」という一言は、我ながら下手《へた》な口説き文句のような陳腐な台詞だったと、思い出せば恥ずかしくなる。

それでも夏芽は、茶化したふうに「オトモダチに？」と返しつつ、「ま、いっか」と、うなずいてくれた。

あの瞬間、身体中に歓喜が駆け巡り、薄く鳥肌《とりはだ》が立っていたことなど夏芽は知る由《よし》もないだろう。

「親に宛がわれた『お友達』は、本当の意味の友人ではないからなぁ」

幼少時に両親から『お友達』と紹介された同年代の子供たちは、気が合うかどうかなど関係なく『大人の都合でつき合わなければならない相手』だった。双方が親の思惑を察しているから、打ち解けて話しているように装っていてもどこかよそよそしく……一定の距離を置いた、奇妙で無難な関係だった。

そんな『お友達』しか知らなかったから、テレビで見かけるドラマやアニメで、友達と言いつつ喧嘩をする関係性が不思議でならなかった。

けれど、夏芽はこれまでの『お友達』とは異なる存在だ。

「友達、だけじゃないか」

かつて短期間ながらおつき合いしたことのある、どの女性と話すより楽しくて……胸の奥があたたかくなる。まったくの別物だ。

「夏芽だけは、違う」

大人たちから期待された『お友達』に、否応《いやおう》なく関わることとなった『学友』、『北白河』の名前に惹かれて寄ってくる女性……どんな人間とも違う。

夏芽と逢う約束をしている日は、指導医やベテラン看護師からどれほど厳しい言葉を投げつけられても、前向きな気分で乗り切ることができる。

眩《まぶ》しい太陽に向かって咲く向日葵のような夏芽の笑顔を見るだけで、空っぽになっていたライフゲージが一気に充電される。

夏芽という存在は……。

「違う、けど……」

それは確かなのに、夏芽のどこがどう他の人たちと「違う」のか、明確な答えが見つからなくてモヤモヤする。

「っと、のんびりしている時間はないな」

ぼんやりとしていたせいで、家を出なければならない時間が迫っている。

軽く頭を振って『夏芽』を追い出した鼎は、今度こそ身支度を整えようと踵を返した。

《三》

これまで夏芽の周りにいた友人の誰とも異なる男は、やたらとお上品で世間知らずな青年だ。

バックボーンを詳しく聞いたことはないけれど、自分とは対極に位置する育ちのいいお坊ちゃんだろうと容易に想像がつく。

鼎と名乗った男と成り行きで『オトモダチ』になり、週に一、二度待ち合わせをするようになっても、初対面で感じた『世間知らずなお坊ちゃん』という印象は変わらない。

夜の街に馴染めない雰囲気も相変わらずで、少し離れたところからでも存在感が際立っている。

「……あ、また」

髪型や服装、ジャラジャラと身を飾るアクセサリー……見るからに質のよくない数人の男が彼に近づこうとしているのがわかったから、歩くスピードを上げた。最後のほうは小走りで待ち合わせ場所である郵便ポストの前に駆け寄り、声をかける。

「カナエ、お待たせっ。待ち合わせ時間、九時だったよな」

まだ、九時十分前だ。自分が彼を待つつもりだったのに、鼎はどれくらい前からここに立っていたのだろう。

「うん。俺が少し早く着いただけで、夏芽が遅れたわけじゃないよ」

鼎は、肩で息をしている夏芽に笑いながらそう答えると、ポンポンと軽く背中を叩いてくる。

大きく息をついた夏芽が、鼎の背後にいる三人の男を睨みつけて牽制《けんせい》したことは……気づかれていないはずだ。

男たちが、忌々《いまいま》しそうに夏芽を睨み返して身体の向きを変えたことを確かめておいて、もう一度深く息をする。

その直後、鼎の両手に頭を挟み込まれた。

「夏芽っ、顔！　……殴られたのか？」

意外にも力強く夏芽の顔を仰向けさせた鼎は、食い入るような目でこちらを見下ろしている。

鼎の手首を摑んでその手から逃れた夏芽は、ぽつぽつと口を開いた。

「あ……殴られたんじゃなくて、殴らせたんだよ。これくらい、かすり傷だからすぐ治る。なんともない」

拳を受けた頬はすぐに冷やしたので、見てわかるほどは腫れていないはずだ。唇の端が少

し切れているだけなのに、気づかれてしまった。

「殴らせたって、どうしてそんな……」

低くつぶやいた鼎は、遠慮がちな仕草で夏芽の頬に人差し指の背で触れた。自分が殴られたわけではないのに、眉を顰めてものすごく痛そうな顔をしている。

これでも、拳が当たる直前に軽く身を引いて、受けるダメージを最小限に抑えたのだ。ただ、完璧に避《よ》けられなかったわけではない。

「相手の気が済めば、場が収まるってこともあんだよ」

下手に避けたり防御したりするよりも、一発殴らせれば相手の気が済むのだとわかっていたから、あえて拳を受けてわざと派手に転んで見せたのだ。それも計算して受け身を取ったので、大して痛くはない。

相手は夏芽の演技を見抜けなかったようで、更に痛めつけようという気が殺《そ》がれたらしく、床に転がった夏芽にチッと舌打ちをして背を向けた。

その背中に向かって、夏芽が「べ〜」と舌を突き出したことなど知らず……。

「でも、綺麗な顔が痛々しい」

泣きそうな顔で零して夏芽の唇の端を見ている鼎に、夏芽は「ああ？」と素っ頓狂な声を上げた。

「綺麗な顔って、おれが？　ぷっ……そんなのカナエしか言わないだろ。目ぇ悪いんじゃねーの？」

「視力は、左右とも一・五だ。乱視もない」

夏芽が言い放った言葉の意味を真正面から受け止めたらしく、真顔かつ大真面目な口調で返されて、ふにゃりと力が抜ける。

「……そりゃなにより」

ダメだ。この男と話していたら、どう言えばいいのか……毒気を抜かれる。きっと育ちがいいのだろうと思うが、こんな性格で世知辛い世の中を無事に渡っていけるのかと心配になる。

「無事……じゃないか。しょっちゅう絡まれてんだもんな」

「夏芽？　やっぱり痛い？」

うつむいてつぶやくと、心配そうに表情を曇らせた鼎が顔を覗き込んでくる。品のある端整な顔が間近に迫り、ビクッと身体を引いた。

「だ、大丈夫だって言ってんだろ。これくらい、慣れてるし」

あまり褒められたことではないとわかっているが、喧嘩には慣れている。殴られることなど珍しくなく、この程度だと怪我の数に入らない。

へらりと笑って口にした夏芽に、鼎は真顔のまま返してくる。

「慣れてる、って……夏芽に助けられた俺が言えることじゃないけど、あまり危ないことはしないでほしい」

「……あんたには関係ないことだろ」

こんなふうに心配されることなど、育ての親である祖母が存命だった時以来だ。胸の奥がくすぐったくて……気恥ずかしさが込み上げてきて、わざとぶっきらぼうに言い返して顔を背けた。

心遣いを鬱陶《うっとう》しがる可愛《かわい》げのない態度のはずだが、鼎は気を悪くした様子もなく言葉を重ねる。

「関係ない……かもしれないけど、関係なくはない」

「は？」

言いたいことはなんとなく伝わってくるが、言葉遣いまで端整な鼎らしくない言い回しだ。

思わず眉を顰めて、鼎を見上げる。

夏芽と視線を絡ませた鼎は、目を逸らすことなく言葉を続ける。

「俺が、心配なんだ。それに、夏芽が傷つくのは嫌だ」

「……変なの」

純粋に心配されるのも、傷つくのが嫌だなどと言われるのも……慣れないせいで、恥ずかしい。

じわりと顔が熱くなり、鼎に背を向けてゴシゴシと拳で頬を擦《こす》った。

「で、どうすんの？　晩飯、今からなんだろ？」

鼎は、『研修医』という肩書きだと聞いた。夏芽はよくわからないが、かなり忙しいらしい。この時間でも夕食を取っていないことは珍しくなく、理由は全然違うけれど夕食の遅い夏芽と待ち合わせて一緒に食事をする。

なにが楽しいのか、鼎は始終笑みを絶やさない。

「あ……ああ、うん。夏芽がよければ、つき合ってくれるかな」

「いいけど、今日は割り勘だからな」

これまで、こうして鼎と待ち合わせをして夕食を共にした回数は、そろそろ片手の指で数え切れなくなる。

でも、毎回いつの間にか鼎が会計を済ませていて、夏芽は「年上に格好をつけさせてよ」の台詞で財布さえ出させてもらえない。

最初の一回は、絡まれていたところを助けたお礼に、という言葉に納得してご馳走《ちそう》になったけれど、それ以降は奢られる理由がない。

今夜は割り勘だと予《あらかじ》め宣言することは、誘われた時から決めていた。

「いやそれは、つき合ってもらっているんだし、年上の俺が……」

首を横に振る鼎を、足を止めた夏芽はギロリと睨みつける。

「理由もないのに、施されるのは嫌だっつってんだよ」

「施しだなんてっ」

鼎は慌てたように首を横に振るが、それならなんだと睨み上げる目に力を込める。

年下だからという理由では、納得できない。少なくとも夏芽は、友人とは対等な関係でいたい。

「割り勘が気に食わないなら、おれはテキトーにコンビニで弁当を買って帰る」

ムスッとした顔と声を繕った夏芽が、どうしても奢る気ならここで解散だと匂わせると、鼎はなにか言いかけて……肩を落とした。

夏芽より八つも年上で、見た目は大人なのに、イタズラを叱られてしょげる大きな犬みたいだ。

「……夏芽のよく行く店に、案内してくれる？」

「バーガーショップとかラーメン屋だけど」

夏芽が仲間たちと利用する店は、きっと鼎には無縁のところばかりだ。さすがに、ファストフード店に一度も入ったことがないわけではないだろうが……いや、もしそうだとしても、驚かない。

それでもいいのかと、試すような夏芽の言葉に、鼎は怯むことなくうなずいた。

「もちろん、歓迎する。夏芽となら、なんでもご馳走だ」

「変なオトナ」

本心からそう言っているのだろうと伝わってきて、照れ隠しにボソッとつぶやくと、止めていた歩を再開させた。

振り返らなくても、鼎が後ろをついてきているのはわかっている。

さて……どこに行こう。

さっきは試すつもりであんなふうに言ったが、このお上品そうな男に、若者が集《つど》うファストフード店やラーメン屋はハードルが高そうだ。庶民の味方、安くてボリュームたっぷりだと定評のある中華レストランにするか。

それさえも、鼎は「初めてだ」とか言いそうだ。少し接しただけでも、夏芽とは生まれ育ちの環境が正反対だとわかる。

夏芽が差し出した駄菓子を、「見たことはあるけど、子供の頃は食べさせてもらえなくて」と嬉しそうに口にする鼎は、慣れない庶民的な店でも嫌がらないに違いない。

「……ふ」

物珍しそうに、なにより楽しそうに店内を見回してメニューを凝視する鼎の様子は容易に想像がついて、思わず頬を緩めてしまう。

慌ててうつむいて顔を隠したので、すれ違う人や背後の鼎にも気づかれなかったはず……。

□□□

「あ、ナツメがいる。なんか久し振りじゃね？」

悪友の誘いに応じて、夜の街に出かけたのは久々だった。

久し振りと言われた通り、この一ヶ月ほどは夜遊びから遠ざかっていた。このところ時間が合えば待ち合わせをする鼎が忙しそうで、連絡をしてこないこと……自宅アパートにいれば色々と面倒なので、外に出ていたほうが無難なことも大きな理由だ。

「んー……そうだな」

手に持った炭酸飲料のペットボトルを軽く振り、立ち上る細かな気泡を見ながら喉奥で答える。

コンビニエンスストアの店内から漏れる光の中、隣にしゃがみ込んでいるヤツが肩をぶつけてきた。

「新しい女か？」

「……ちっげーよ」

チラリと隣を見下ろした夏芽は短く否定したのに、周囲にたむろする四人は誰も信じていないようだ。

「ナツメはモテるからなぁ」

「この前もさ、夜中に年上美女と腕組んで歩いてただろ」

「あー、俺も見た。ちょっと派手だけど、メチャクチャ美人」

「キレーな彼女、ウラヤマシーぞ」

夏芽を置き去りにして盛り上がる悪友たちに、「好きに言ってろ」と心の中で零して小さく息をつく。

なんとなく把握しているのは名前と年齢くらいで、皆が素性もろくに知らない、夜の街で集まって時間つぶしをするだけの関係だ。

それなりに楽しい……と思っていたはずなのに、彼らと過ごす時間はこんなに退屈だっただろうか。

スマートフォンを取り出して画面に目を落としたけれど、通話着信もメールも通知はゼロだ。

「……つまんね」

こっそりとぼやき、くすんだ夜空を見上げる。

この一週間、一度も鼎から連絡がないことで初めて気がついた。

おれを呼び出してなにが面白いんだよとか、他に遊ぶ相手はいないのかと面倒な素振りを見せながら、鼎からの「時間があれば逢わないか」という誘いを待っていたらしい。

スマートフォンをデニムパンツのポケットに突っ込み、ペットボトルの底に残っている炭酸飲料を一気に飲み干す。ごみ箱に突っ込んで足を踏み出すと、不思議そうに名前を呼ばれた。

「あ？　ナツメ？」

「……帰る」

チラリと振り向き、軽く手を振って歩き出した夏芽を呼び止める声はなかった。

気が向けば集まり、適当に抜ける。いつの間にか顔を見なくなる人間がいても、誰も消息を知ろうとしない。

気軽で、希薄な関係だ。他人と深く関わることを好まない夏芽には、ちょうどいい。

「はず……なのに、なぁ」

鼎も、名前と二十五歳だという年齢、『研修医』という肩書しか知らない。夏芽について鼎が知っていることも、似たようなものだ。

それでいい。夏芽から鼎に連絡をすることはないのだから、鼎が夏芽に飽きて離れて行けばおしまいだ。

連絡先を削除して、それきり……という関係の浅い相手など、今までも数え切れないくらいいいた。

「すぐに飽きるだろ」

鼎にとって、夏芽は物珍しい異邦人のようなものだろうと思う。育ちのよさそうなお坊ちゃん、本人曰《いわ》く『医者の雛』で……雛が育って大人になれば、世間一般からすれば誰もが立派だと認める『お医者様』だ。

夏芽から見た鼎が『得体の知れない変人』なのと同じく、これまで鼎の周りには、夏芽のようなタイプはいなかっただろう。

お行儀のいい鼎にとって、平気で喧嘩をする夏芽の破天荒なところが物珍しくて気に入っているだけで、いずれはこれまで慣れ親しんだ同類のところへ戻る。

「早く飽きればいいのに」

いつ連絡が来るかと……こんなふうにスマートフォンを気にする自分に、イライラする。夜の街を歩きながら、鼎がまた誰かに絡まれているのではないかと路地や物陰を覗くことも、自分らしくない。

「あー……どこで時間を潰すかな。ネカフェか？」

ここから徒歩で行ける距離にあって、朝までいられるナイトパックが一番安いインターネットカフェはどこだったか……財布の中身を思い浮かべながら、のろのろ歩く。

目的が定まらないまま様々なチェーン店の集まる駅周辺に向かっていると、雑踏に見慣れた長身が垣間見えたような気がして、歩を緩めた。

見向きもせずに通り抜ける通行人の合間を縫って近づき、こっそりと覗き込む。

「カナエ……？」

金色や真っ赤に染めた髪の男が、三人。その奥、雑居ビルの壁を背に立っているのは……間違いなく、鼎だ。

また絡まれているのか。仕方のない……と思いつつ、どのタイミングで手を出すか様子を窺う。

「だから、なにカッコつけてんだよ。金と彼女を置いていけば、痛い目に遭わずに済むんだぜ？」

「彼女にいいところ見せようとしてんのかもしれないけど、手ぇ震えてんだろ」

「声も出ねぇじゃんか」

酒に酔っているのか、もっと質の悪いドラッグの類をキメているのか……男たちの言葉は、呂律《ろれつ》が回っていない。

少し離れた位置でそれを聞いていた夏芽は、「彼女？」と首を傾げて横に移動した。

「あ……女、か」

取り囲む大男が三人、そして長身の鼎が庇《かば》うように立っていることで、これまで夏芽に見えていなかった小柄な女性の姿が目に入る。

一言も言い返すことなく無表情で男たちに対峙《たいじ》する鼎は、彼らの目には怯《おび》えているように映るのだろう。

けれど、夏芽には……身を挺《てい》してお姫様を護る、凜々《りり》しい騎士《きし》のように見えた。

「アレ、ヤバくない？」

「誰かが通報するだろ。面倒くせぇ」

チラチラと鼎たちを見ながら会話を交わした男女二人組が、足早に夏芽の脇を通り過ぎていく。

誰もが面倒ごとに巻き込まれたくないのか、見て見ぬ振りをしている中、いつもなら「カナエのやつ、どんくさいな」と飛び込んでいく夏芽は……動くことができなかった。

女性を庇う鼎は、夏芽の知らない男の顔をしている。夏芽に助けられて「ごめん」と笑う、頼りないお坊ちゃんの空気はどこに行ったのだろう。

「……黙ってないで、財布出せって」

「ッ、やめて」

手を伸ばした男の一人が、鼎の着ているシャツの襟首《えりくび》を掴む。背中に庇われた女性が、泣きそうな声で零して鼎の背後で身を竦《すく》めた。

「あ……ヤベ」

夏芽は、ようやく我に返って右手を握り締める。

ぼんやりしている場合ではない。品のいい、端整で凜々しい鼎の顔に、無用な傷がつくのは見たくない。

不意打ちは難しそうなので、強引でも正面突破か……と脱走経路を計算しながら鼎たちに向かって足を踏み出した夏芽の目前で、予想もしなかったことが起きた。

「先に手を出してきたのは、そっちで……正当防衛が成立するかな」

ボソッとつぶやく鼎の声が聞こえた直後、襟首を摑んでいた男の身体が、ふっと視界から消える。

なにが起きたのか目をしばたたかせていると、「なにすんだテメェ」という怒声に続いて鼎に殴りかかろうとした男が、地面に沈んだ。

「あ……？」

鼎が、男の手首辺りを摑んで軽く捻った途端、魔法のように崩れ落ちた。大して力を入れていなかったように見えたのに……？

「な、なんだよおまえ」

残った男は、明らかに怯んだ様子でジリジリと足を引いている。

攻撃する気を殺がれたらしく、地面に伏している仲間を助け起こそうという余裕もないらしい。

「必要以上に争いたくないので、退《ど》いてください」

鼎の一言に、「チッ」と舌打ちをして雑居ビル側に身を寄せた。摑まれた襟元の乱れを軽く正した鼎は、女性の肩を抱いてその脇をすり抜ける。

鼎は、男たちをチラリとも振り向くことなく駅に向かって歩き出し……夏芽は、その背中を唖然として見送る。

「お、おい。なにやってんだよ。あんなのに……」

自分の足で立てている男が鼎を追いかけようとしたら、脚を引っかけてやろうと動向を窺っていたけれど、狼狽した様子で地面に座り込んだままの仲間に声をかける。

真っ赤にカラーリングした派手な髪色の男は、呆然《ぼうぜん》とした顔で男に言い返した。

「ッ……わかんね。なんか、手首摑まれた瞬間、力が抜けたんだよっ」

「し、痺《しび》れて力が入らね……」

もう一人の男も、自分の左手首を摑んで呆気に取られた顔をしている。

それは、傍観していた夏芽も同じで……鼎の歩いて行った駅方面に目を凝らしても、長身の姿は雑踏に紛れて見えない。

「ふ……っ」

息苦しさを覚えて、震える息を吐き出す。

心臓がドクドクと早鐘を打っていることに、たった今気がついた。握り締めたままだった拳で、トントンと胸元を叩く。

「さっきの、カナエ……だよな?」

夏芽の知っている鼎とは、別人のような立ち居振る舞いだった。

女性を護って暴漢に毅然《きぜん》と立ち向かう、頼りがいのある大人の男……なんて、知らない。よく似た別人で、鼎ではなかった？

いや……あんな、顔がよくて背が高い嫌味なほどのイケメンなど、そう何人も存在してたまるものか。

「なんだこれ、気持ち悪い……」

喉の奥や胸の内側に、どろりと澱《よど》んだものが詰まっているみたいで、ムカムカする。

近くの自動販売機で冷たい炭酸飲料を買い、勢いよく喉に流しても全然スッキリしなくて、正体不明のムカつきを噛み締めながら道の端にしゃがみ込んだ。

脳裏に浮かぶ……背中を伸ばし、凛《りん》とした表情で背中に女性を庇う鼎の姿が、いつまでも消えなかった。

《四》

雑事に追われて思うように時間を作ることができず、十日振りに逢うことのできた夏芽は、顔を合わせた瞬間からなんとなく不機嫌だった。

食事中も、いつになく口数と笑顔が少ない。

「夏芽、具合でも悪い？」

「……平気」

鼎の質問に答えてはくれるけれど、簡潔な一言で会話を終わらせてしまう。不思議に思って、テーブル越しに夏芽の顔を見詰めた。

また、傷を作っているのではないか……と注意深く眺めてみたけれど、綺麗な顔に怪我はなさそうでホッとする。

露骨な視線を感じたのか、ふと夏芽が顔を上げた。目が合い、瞬時に逸らされる。

普段は表情の豊かな少年だが、こうして黙り込んでいるとやけに大人びて見えるから不思議だった。

「ごちそーさまでした……」

「デザートは？」

「今日はいい」

本人は隠しているつもりらしいが、夏芽は甘いものが好きなようだ。いつもは食後のデザートを欠かさないのに、今日は口にすることなく席を立った。

テーブルの隅に置かれた伝票を確認して財布から千円札を取り出すと、重ねて鼎に差し出してくる。

「俺が払うから、いいのに」

「……割り勘じゃないなら、もう一緒に飯を食わない」

幾度となく繰り返したやり取りに、苦笑を滲ませて伝票と千円札を受け取る。甘えてほしいのに、甘えようとしてくれない夏芽にもどかしさを感じることもあるけれど、対等な関係を望んでいるのだと伝わってきて嬉しくもある。

鼎も席を立ち、伝票を確認した。

二人分なのに、驚くような金額が印刷されている。夏芽が選ぶファミリーレストランは、味とボリュームのわりにお手頃価格だ。夏芽と出逢わなければ、こういう店があることを知らなかった。

会計を済ませて店の外に出ると、終電が近い時間になっていた。

「あれ、夏芽？　駅、こっちだけど」

終電に乗り遅れたら面倒だから、といつもは急ぎ足で駅に向かう夏芽が、駅とは逆方向に歩き出したことに驚いた。

呼び止めた鼎をチラリと振り向き、無表情で口を開く。

「朝まで、どっかで時間を潰す。じゃあな」

「ちょ……ちょっと、待って。どこかって」

未成年の夏芽が、安全に朝まで時間を潰せる場所があるのだろうか。なにより、自宅に帰りたくない……帰れない理由があるのか？

聞きたいことはいくつもあるのに、うまく言葉が出ない。

夏芽を追いかけて腕を摑むと、足を止めて鼎を見上げてきた。

「ネカフェかファストフードか、カラオケ。慣れてるから、気にすんなって。それとも、鼎が朝までつき合ってくれんの？」

いつも真っ直ぐな夏芽にしては珍しい、試すような……探るような言葉選びと表情だ。

初対面の印象のせいか、年齢以上に大人びて強いと決めつけていた夏芽が妙に頼りなく見えて、鼎の答えが決まった。

「いいよ。明日は午後からだし……夏芽につき合う」

「……冗談だよ」

鼎がうなずくと、夏芽は一瞬だけ驚いた顔をして目を逸らした。ぽつりとつぶやき、腕を摑んでいる鼎の手を振り払う。

夏芽にどう言われようが、鼎は引き下がるつもりはない。ゆっくりと歩き出した夏芽の後を追いかけながら、言葉を続けた。

「俺は、もう決めた。ネカフェ？　は未体験だな。カラオケは、学生時代に入ったことがある」

夏芽がどこを選ぼうと、ついていくつもりで一歩後ろを歩く。鼎を振り向くことも、答えることもなく前を見て無言で歩き続けていた夏芽は、裏通りへの曲がり角で足を止めた。

チラリと鼎を振り返り、小さく尋ねてくる。

「まだついてくんの？」

「もちろん」

今しがたまでいないような扱いをされていたのに、話しかけてくれたことが嬉しくて、迷わずうなずく。

わずかに眉を顰めた夏芽は、鼎の腕を摑んで引き寄せた。

「行き先がそこでも？」

駅の裏側に当たるこのあたりは、普段の生活では通りかかることもない。電車の車窓から、視界に入るくらいで……。

曲がり角の向こう側には、雑居ビルのような建物が立ち並んでいた。色とりどりのネオンに飾られた看板が、道沿いにいくつも置かれている。

実際に足を踏み入れたことはなくても、女性の接待を伴う店舗がいくつかあるこのあたりがどのように呼ばれている場所かということは、知っている。

ホテル街……だ。

「夏芽」

「お一人様じゃ無理だけど、カナエがつき合ってくれるならこっちでいいや。……安っぽいネオンが、似合わねーの。こういう場所、入ったこともないだろ」

鼎を振り返った夏芽は、キラキラとした光の中で鼎の頭から足元まで視線を往復させて笑っている。

こういう場所というのが、この一画を指すのか利用料金がやけに安いホテルを指すのかはわからないが、どちらにしても答えは同じだ。

「……ないな」

鼎の返事に、夏芽はふっと頰を緩める。

世間知らずなことを馬鹿にして笑っているというよりも、なんとなくホッとしたような表情だ。

その表情の意味を追及する間もなく、摑まれたままの腕を夏芽に引かれた。

「あそこ、男二人が出てきたの見たことあるから……断られないと思う」

夏芽の目指す『あそこ』が、ホテルらしき建物だと気づいて困惑が深くなる。

「夏芽、なんで」

「社会勉強だろ。って、カナエには一生縁がないかもしれないけど」

鼎が戸惑っていることは伝わっているはずなのに、淡々と口にする夏芽は、なにを思ってこの腕を引いていく？

朝まで過ごすための宿泊場所なら、駅前にいくつもあるビジネスホテルでもいいのでは……。

「夏……」

「ホテルの前で騒ぐなよ。恥ずかしいだろ」

鼎の腕を摑む夏芽の指に、グッと力が込められる。鼎はもう何も言えなくなり、唇を引き結んだ。

本当に、自分に社会勉強をさせるつもりなのだろうか。夏芽は、こういうホテルを使ったことがあって……教えてやろうと？

誰かと手を取り合ってホテルに入る夏芽が頭に思い浮かび、胸の奥からこれまで感じたことのない不快感が湧き上がる。

夏芽に摑まれた腕も、胸の内側も、ジリジリと熱い。心臓が奇妙に鼓動を速くしていて、指先がズキズキする。

なにを考えているのか読めない夏芽にも、ろくに言葉が出ない自分自身にも戸惑っているあいだにグイグイと手を引かれ……誘導されるまま、小ぢんまりとした建物に足を踏み入れていた。

「なんか、思ってたよりフツー……だな。ベッドはやけにデカいけど」

「………」

扉を閉めて室内を見回した夏芽は、いつもと変わらない口調でそう言ってベッドの端に腰を下ろす。

鼎は無言で夏芽の前に立ち、疑問を口にした。

「夏芽は、こういうところ……入ったこと、あるんだ?」

室内を観察する余裕もなく、身の置き所がない自分とは違い、夏芽はやけに落ち着いているように見える。

鼎の質問に、夏芽は数秒の間を空けて返してきた。

「……さぁな」

肯定とも否定とも、どちらとも取れる答えだ。

続く言葉が出てこなくて口籠っていると、ベッドに腰かけている夏芽が自分の隣をポンと叩いた。

「突っ立ってないで、座れば？　でかい図体で目の前に立ち塞がられたら、妙な威圧感があるんだけど」

「ああ……」

促されるまま夏芽の隣に腰を下ろして、自分の膝に視線を落とした。

隣にいる夏芽を、やけに意識する。きっと……目的が限定された、このロケーションのせいだ。

ベッドに浅く腰かけた状態で、ろくに身動《みじろ》ぎもできない。そのせいで、鼎が緊張していることは、すぐ傍《そば》にいる夏芽にまで伝わっているらしい。

ふっと笑みを零して、話しかけてきた。

「なんか緊張してる？　ま、カナエなら、彼女とこんなホテルを使ったりしないか。あっちも、お嬢様って感じだったし」

「彼女……？」

今のところ、特別なつき合いをしている女性はいない。

それなのに、まるで鼎の『彼女』を見知っているかのような確信を持った言い回しが引っかかり、短く聞き返す。

怪訝な思いで夏芽を見下ろすと、柔らかなミルクティーベージュの髪が揺れてこちらを見上げてきた。

好奇心旺盛な、子猫のような瞳で顔を覗き込まれて……トクンと心臓が大きく脈打つ。

「何日か前の夜に、駅のところで一緒にいただろ。見るからに、お嬢様って感じの美人。絡んできた男から庇って……なんだよあれ、おれより強いんじゃねーの？」

数日前の夜に、駅のところで一緒にいた。絡んできた男から庇った。その条件に当てはまる女性には、一人だけ心当たりがある。

「夏芽が見たのは、妹……だと思うけど。帰宅の時間が重なったから、駅前で待ち合わせをしたんだ」

「……妹？」

鼎の答えに、夏芽は拍子抜けしたような声で一言漏らして目をしばたたかせた。

予想外だと気の抜けた表情が語っていて、可愛い。

「で、でも……じゃあ、腕っぷしが強いのはなんだよ。火事場の馬鹿力とかじゃないだろ、あれ。おれが見た時は、無抵抗だったくせに！」

「心身を鍛えるために、子供の頃から合気道を習っていたんだ。有段者は一般人を相手に手を出せないから、どう切り抜けようかと考えていて……俺一人だと少しくらい小突かれてもいいけど、あの時は妹が一緒にいたからな。本気で反撃したわけじゃないし、最低限の正当防衛ってことで許してもらえると思う」

「なんだよ、それ……」

鼎の言葉に、夏芽は脱力したようにつぶやいて肩を落とした。

続いて、

「おれの助けなんか、もともと必要なかったんじゃんか。余計なお世話っつーか、カナエを弱いって決めつけて……すげーカッコ悪い」

ぼそぼそと聞こえてきた、そんな言葉に慌てる。

咄嗟に夏芽の肩を摑んで、「そうじゃない」と声を上げた。

「夏芽は格好よかった。強くて、綺麗で、細い身体で大男を蹴り倒す姿に見惚れて……目が離せなかった。本当だ」

夜の街で、鮮やかに咲き誇る大輪の向日葵を目《ま》の当たりにしたような衝撃は、うまく言葉で言い表すことができない。

でも、見て見ぬ振りで通り過ぎていく人ばかりの中に現れた夏芽は、映画のヒーローのようだった。

そう懸命に告げる鼎に、夏芽は照れたような顔で目を逸らす。

「もういい。わかった。なんか、おれが一人で空回ってたってこともわかった。普通の男に見えて、ちょっとビビっただけ」

「わかってくれたのなら、いいけど」

どうも夏芽には、実際以上に温室育ち……箱入り息子《むすこ》の、世間知らずだと思われている気がする。

確かに、夏芽が知っていて鼎が知らないことは多いけれど、城の外を知らない王子様というわけではないのだ。

「あれが彼女じゃないなら、やっぱりカナエは清い身体だってことか」

「清いって……面白い言い回しだな」

やっぱり、と含み笑いをされるのは複雑な気分だ。

世間知らずの温室育ちというだけでなく、鼎が成人した二十五歳の男だということを失念しているのではないかと、疑わしくなることもある。

そんなふうに視線を泳がせていると、夏芽が「くくっ」とイタズラっぽく笑って口を開いた。

「婚前交渉なんて、ふしだらなことはしないとか言いそうだし。チューもしたことのない、ドーテーだろ？」

決めつけるというより、真実を探るようにチラリとこちらを見上げる夏芽の目と視線が絡み、胸の奥がざわつく。

なんだろう。まさかと思うが、誘われているかのような……妙な気分になる。

「……って言ったら？　夏芽が指南してくれるのか？」

口をついて出たのは、自分でも予想外の一言だった。どうしてそんなことを言ってしまったのか、わからない。

慌てて撤回しようとする前に、夏芽が鋭い眼差《まなざ》しを向けてくる。

ふざけたことを言うなと、怒られる……。

そう身構えたのに、夏芽の切り返しは鼎の頭から思考力を吹き飛ばすものだった。

視線が絡み合っていたのは、数秒だったと思う。

「いいけど。……目、閉じろよ」

ぽつりとつぶやいた夏芽の手が、目元を覆ってくる。視界が塞がれた直後、唇にやんわりとしたぬくもりが触れた。

軽く重ね合わされただけの唇が、かすかに震えていたように感じたのは気のせいだろうか。

目元に触れていた手が離れていく……直後、咄嗟にその手を掴んだ。

「なん……」

「一瞬だったから、よくわからない」

そんな言い訳を口にして、こちらを見上げる夏芽に顔を寄せた。

掴んだ手に、ビクッと力が込められる。鼎を突き放すかと思ったけれど、強張りが伝わってきたのはその瞬間だけで、夏芽は鼎の手を振り払おうとすることも、逃れようとすることもなかった。

拒まれていない。

そう感じた途端、鼎は身体中が熱くなるのを自覚した。なにも考えられなくなり、夏芽の右手を摑んだまま唇を重ね合わせる。

軽く触れただけで離れようとする動きを察知したから、もう片方の手で頭の後ろを包み込むようにして自分に引き寄せながら唇を押しつけた。

自分より大きな男と対峙して、拳を交わして蹴り倒し、惚れ惚れするくらい強い夏芽がこの腕の中にいる。

身体を強張らせて固まっている夏芽が拒絶しないのをいいことに、舌先で唇を舐《な》めて更に深い口づけを誘いかける。

「ン……」

肩を震わせた夏芽は、ぎこちなく唇を開いて鼎の舌を受け入れた。

触れ合う舌が甘い。もっと、もっと……深く、夏芽に触れたい。

そんな衝動に突き動かされるまま身体を寄せ、夏芽の後頭部を包み込む手で頭を支えてベッドに横たえた。

「カ、ナエ……っ」

左手は夏芽の右手を摑んだまま、右手をその頭の脇に手をついて見下ろすと、夏芽は瞳を揺らがせて鼎を見上げてくる。

困惑とかすかな怯えが滲む眼差しは、いつになく頼りなげで、身体の奥底からこれまで感じたことのない熱い塊が込み上げてくる。

もっと、抱き締めたい。

押さえつけて、メチャクチャにキスをして……その肌に触れたい。

自分の知らない夏芽がいるのなら、なにもかも剝《は》ぎ取って夏芽のすべてを暴きたい。

夏芽の頭の脇についた手を強く握り締め、身体の内側に点《とも》った凶悪な欲望をなんとか押し止める。

「ッ……夏芽、殴っても蹴ってもいい。俺を、突き放してくれ」

今ここで夏芽に拒まれなければ、なにをするかわからない。無様だと自覚していながら、ストッパーとなってくれるよう夏芽に懇願する。

そのくせ、摑んだままの夏芽の右手を離せない。

これまで、理性的な人間だと信じていたのに……自分に裏切られたような、絶望感に似た思いを嚙み締める。

ギリギリのところで衝動と戦っている鼎を、夏芽がどんな目で見ているのか、怖くて確かめられない。

ベッドを睨みつけていると、夏芽の右手がピクリと震えた。

AUTION KEE

握り締めている鼎の手を、振り払う……と不思議な安堵を感じたのは一瞬で、夏芽の指はおずおずと鼎の手を握り返してきた。

「夏芽……？」

「中途半端に、投げ出したりしねーよ。女、抱くのに……力ずくは、嫌われるだろ」

怪訝な思いで見下ろした鼎と視線が合うのを避けるように、顔を背けて、ぽつぽつと口を開く。

予想外としか言いようのない夏芽の反応に、鼎は目をしばたたかせて恐る恐る答えた。

「そっと、丁寧に……優しく触る」

夏芽だから、という本音を心の中で続けて、それでいいかと夏芽の右手を掴む手の力を抜いた。

そろりと指先で手のひらをくすぐると、ピクッと手を震わせて小声で零す。

「……なら、いいんじゃね？」

いいのか？　もっと……夏芽に触れても？

短い言葉を自分に都合よく解釈して、再び夏芽に唇を重ねた。

夏芽は……逃げない。鼎を突き放すことなく、無言で口づけを受け止めて舌先を触れ合わせてくる。

「っ、ん……ッ」

慣れたように鼎を挑発したにもかかわらず、なんともぎこちない。相手が鼎で、女性とは違うからだろうか。

それとも、鼎がどう触れるのか様子を窺っておいて、誤りを指摘するつもりで……？

これまで夏芽に触れた誰かの手と、比較される？

自分の他にも、こんなふうに夏芽に触れた異性……同性がいるのか？

今、鼎の前で無防備に横たわるように……触れる手に身を任せる夏芽を想像すると、頭の芯がカーッと焼けるみたいだ。

「カナエ？　なに怖い顔してんだよ」

「……あ」

夏芽の指先が眉間《みけん》をつつき、我に返った。意識することなく、険しい表情になっていたらしい。

細く息を吐き、肩の力を抜いた。

「うまくできなかったら、ごめん」

これ以上夏芽に触れて、自分がどうなるのかわからない。先に謝罪して予防線を張るのは卑怯かと思いつつ、押し殺した声で告げる。

「なんだ、そんなこと考えて怖い顔になってたのか。過剰な期待なんかしてねーって」

夏芽はホッとしたように微苦笑を浮かべて、鼎の髪をくしゃくしゃと撫《な》で回す。その手を取り、そっと唇に押し当てた。

繊細なガラス細工を扱うように、優しく触れたい。

そう……思うのと同じくらい、欲望に任せてメチャクチャに抱き潰して、夏芽の中を自分だけで満たしたい。

触れているあいだだけでもいいから、身体も頭の中までも、全部独り占めしたい。

今まで、敷かれたレールの上を定められた速度で走り続けて、脇道に逸れようなどと考えたこともなかった。周囲の求める自分であればいいと、自ら強くなにかを望むということもなかった。

でも初めて逢った時から、夏芽は特別だった。

あまりにも鮮やかなその姿が瞼《まぶた》の裏に焼きついて消えず、また逢いたいと、そう思って自発的に追いかけたのは彼が初めてだった。

自分といても大して楽しくなさそうだったのに、夏芽の中の「少し変わった友達」という位置に据えてもらえたことだけでも、奇跡のようだ。

けれど鼎は欲張りで、夏芽に『もっと』を求めてしまった。

気の迷いかイタズラ心か、からかうだけのつもりだったのか。

鼎に口づけた夏芽の真意は、わからない。

それなのに、一瞬だったからよくわからないと惚けてつけ込む自分は、最低だ。

今ならきっと、鼎が「調子に乗ってごめん」と言えば、夏芽は「バーカ」と笑って何事もなかったかのように許してくれる。

これまでの心地いい関係を壊したくないのなら、そうするべきだとわかっているのに……引き返せない。

夏芽から、離れられない。

「もっと、……触りたい。夏芽」

「……好きにしていーよ」

そう綺麗な微笑を滲ませる夏芽は、鼎のズルさを見透かした上で我儘《わがまま》を受け止めてやると言ってくれているみたいで、縋《すが》りつくように抱き締めた。

《五》

息が……苦しい。

浅く息をついた夏芽は、腹の下にクッションを押し込まれてベッドにうつぶせた状態で、グッとベッドカバーを握り締めた。

「ん、ぁ……もう、ヤダ。それ、ぃ……ッ」

背後の鼎に訴えたけれど、先ほどと同じ答えが返ってくる。

「もう少しだけ。これじゃ、まだ痛い……だろう？」

訊《き》かれたところで、夏芽には肯定も否定もできない。どれだけの時間どうすればいいのか、夏芽も知らないのだ。

曖昧に首を横に振り、気を抜けば吐息と共に妙な声が溢れてしまいそうな唇を噛む。

鼎の指が、たぶん……二本。

ホテルの備品にあったという、滑りをよくするためのとろりとした液体を纏って、後孔に抜き差しされている。

夏芽はベッドの上で体を震わせるしかなく、鼎に翻弄されるばかりだ。

これではダメだ。ダメ……って、なにが？

ダメだ、ダメだと頭の中をグルグル駆け巡っているけれど、思考がぼんやりと白く霞《かす》み、なにも考えられない。

自分がなにをしようとしていたのかさえ、わからなくなる。

忙しなく瞬きをして大きく息をつき、背後の鼎に訴えた。

「ゃ、あ……カナ、エ。おかし……なる」

鼎の指が、熱の源を探り当てて……煽《あお》ろうとする。小さな種火がじりじりと炎を生み、脈動と共に身体中を駆け巡る。

身体も、吐息も……なにもかも熱くて、苦しい。

「ゃ、だ。これ……カナエが、見えな……ッて」

鼎の顔が見えない。子供のように「ヤダ」と繰り返す夏芽を、どんな目で見ているのかわからなくて怖い。

震える声で訴えると、じわじわ抜き差しされていた鼎の指が動きを止めて、ゆっくりと引き抜かれた。

肩を掴んでそっと身体を反転させられると、ようやく胸元の圧迫感から解放される。

一つ深呼吸をして、鼎を見上げた。

「もう、いい。……しつっこい」

かすれた声で苦情をぶつけた夏芽に、困ったような表情で「ごめん」と返してくる。

「加減がよくわからなくて……」

「いいって言ってんだろ。も……ぅ、早く」

もう少しか、そろそろ大丈夫かと観察されながら、自分だけわけがわからなくなるのが嫌だ。

片膝を立てて鼎を見上げると、右手を伸ばして意外としっかりとした筋肉に覆われている腕を摑んだ。

「ッ……ごめん」

低くつぶやいた鼎が、夏芽の膝を摑んで大きく割り開く。

自分が鼎に向かってどんな体勢を取らされているのか、否応なく視界に入る羞恥から逃れたくて瞼を閉じた。

そうして視覚からの情報を遮ったせいで、皮膚感覚がやけに鋭くなる。

少し前まで含まされていた鼎の指より、熱い……遙かに存在感のあるものが、後孔の粘膜をじわりと押し開く。

「や……」

反射的に逃げかかったのを察してか、夏芽の腿《もも》を摑む鼎の指に力が込められる。

指が食い込む、予想外の力強さに気を取られた直後、圧迫感が増して熱塊を身の内側に感じた。

「ぁ……ッ、あ！」

熱い、苦しい。喉の奥に息が詰まる。

でも……声が出ない。

恐慌状態に陥りかけたところで、意図することなく食い縛った歯をこじ開けるようにして指を含まされる。

「息を詰めたら、ダメだ。夏芽……俺の指、噛んでいいから」

「っふ、ぅ……ッ、は……ぁ」

促されるまま、鼎の指を噛んだかもしれない。

舌を軽く押すようにして、夏芽が自分の舌を噛まないよう防御されているのだと気づき……強張っていた身体から少しだけ力を抜いた。

「きつそうだ。これ以上は……」

鼎が身体を引こうとしている気配を察知して、含まされていた指を舌で押し戻す。首を横に振り、鼎を睨みつけた。

「や、めんなっ。少しだけ待、って」

「……でも」

「おれが、いいって……んだよ」

涙が滲んでいるかもしれない。脅すつもりでも、迫力は皆無だろう。

鼎は、変な意地を張っていると眉を顰めるでもなく、額にかかる夏芽の髪をそっと指先で払った。

「少し、このまま……」

「ん」

ゆっくり髪を撫でる手が心地よくて、目を閉じる。

大きな男の手で触れられることに、安堵する……そんな自分が不思議だった。

殴られたり、押さえつけられたり、『大人の男の手』は夏芽に恐怖と苦痛を与えるばかりだったのに、鼎の手は違う。

鼎だけが……違う。

けれど、こんなふうに触れられることを前々から望んでいたわけではなかった。

魔が差した、とでも言うのだろうか。

欲望の発散に目的の特化したホテルが似合わない、居心地の悪そうな鼎を見ていると、夜の街で女性を背に庇っていた……夏芽の知らない、大人の男の顔をした鼎を覗き見た際の不快感を思い出した。

夏芽が足を踏み入れたことのない、死ぬまで無縁であろう豪華なホテルで彼女をエスコートする姿をリアルに思い浮かべてしまい、モヤモヤが増幅する。

鼎の庇っていた女性が妹であることを知っても、夏芽の中に生じた奇妙な感情は消えなかった。

今は、なんとなくわかる。

あれは……独占欲だ。

夏芽の知らない『男の顔』をする鼎が、悔しかった。鼎のいろんな顔を、もっと知りたかった。

こんなふうに、熱っぽく潤む……露骨な欲望を隠せない、本能に後押しされた衝動を向けられることに、不可解な悦《よろこ》びが湧き上がる。

「もう、へーき。好きにしろよ」

「ッ、でも……夏芽」

「これじゃ、生殺しってやつだろ。……カナエ」

髪に触れていた手を摑み、指先に軽く歯を立てて舌を這わせる。ビクッと肩を震わせた鼎が緩く頭を振り、深く身体を重ねてくる。

「んっ、ッあ……」

圧迫感は増したけれど、これ以上ないくらい密着しているのがわかって、無我夢中で鼎の背中に縋りついた。

触れ合わせた舌が熱い。激しく脈打つ心臓の鼓動も、吐息も、境界があやふやになり……

どちらの熱かわからない。

身体で感じる鼎がすべてで、なにも考えられなくなる。

強く抱き締められる腕と重なる鼓動、互いを煽り立てる熱だけに包まれながら、目を閉じた。


「どこか痛い？」

「別に」

固く絞った温かい濡《ぬ》れタオルで、そっと身体を拭《ぬぐ》われる。鼎に世話を焼かれるのは恥ずかしいのに、動けないのだからどうしようもない。

一通り夏芽の身体の汚れを拭うと、鼎がおずおずと尋ねてきた。

「あの、もしかして……初めて、だった？」

慣れた振りで、誘ったつもりだった。

でも……行為の最中の自分は、とてもじゃないけれど慣れた人間の振る舞いではなかっただろう。

どう誤魔化せばいいか、言葉を探して……辛うじて思いついた一言を返す。

「……やられるのはな」

くだらないと自分でも思うが、せめてものプライドがそんな言葉を吐き出させた。

恥ずかしさのあまり目が合わないよう顔を背けて唇を尖らせると、鼎は困惑を滲ませた声で夏芽の虚勢を諌《いさ》めてきた。

「どうして、先に言ってくれなかったんだ。それなら、もっと優しくしたのに」

「十分……っ、つーか、やたらと丁寧にされたら恥ずかしいわっ。……いいんだよ」

そうしてなんでもない風を装い、心の中で「カナエだから」と続ける。

鼎が、どんなつもりで夏芽に手を伸ばしたのでも……と、身体に漂う余韻に仄《ほの》かな笑みを滲ませる。

鼎に顔を見られないよう、目の上に腕を置いて言葉を続けた。

「もう夜中だろ。おれのことは放っておいていいから、適当に帰っ……て」

「俺、夏芽を大事にするから」

「……は？」

予想もしていなかった台詞に、思わず気の抜けた一言を零す。目元を隠していた手を掴まれて、鼎が顔を覗き込んできた。

「純潔を奪った責任を取って結婚……は、さすがに現代日本の法律では無理だけど、夏芽を大切にする。こ、恋人として」

「………」

絶句した夏芽は、呆気に取られた、間抜けな顔をしているはずだ。それにもかかわらず、鼎は真顔で続ける。

「夏芽が好きなんだ」

「……ヤッちまったせいで、勘違い……我に返ったら、後悔する」

まだ神経が昂《たかぶ》っていて、思考回路が正常ではないのだろうと言いかけた夏芽に、きっぱりと首を横に振る。

「そうじゃない。自覚が遅かったのは事実だけど……好きだから、夏芽に触りたかった。抱きたいって、思った」

好き？　本気で、そんなことを言っているのか？

心臓が激しく脈打っている。好きだという一言に喜びそうになる自分を必死で制して、硬い口調で言い返した。

「おれが、真に受けたらどうすんだ」

「信じられない？」

信じられない。

心に浮かんだ一言を夏芽は口に出していないのに、鼎は泳がせた視線から明確に読み取ったようだ。

「信じられない、って顔だね」

ズバリと言い当てられて、唇を引き結んだ。

なにも言い返せない夏芽に、鼎は微苦笑を浮かべて続ける。

「いいよ。夏芽が信じてくれるまで、何十回でも……何百回でも言うから。勘違いなんかじゃないことを、証明する」

言葉の終わりと同時に軽く唇を触れ合わせてきて、「バカ」と鼎の肩を押し戻した。

キスどころではないことを散々していたくせに、なにを今更……と自分でも思うのに、顔が熱くなるのを止められない。

鼎が、好きだなんて言うせいだ。

「夏芽が好きだよ。不思議だな。好きだってことを自覚したら、夏芽がこれまでよりずっと綺麗に見える」

顔を背けようとする夏芽に、追い討ちをかけるようにそう言いながら、端整な顔に甘ったるい笑みを浮かべる。

夏芽は、もう一度「バカだろ」と口にして、鼎に背中を向けた。

箱入りお坊ちゃまには強烈な体験だったせいで、一時的な興奮状態なのだ。感情の誤作動による勘違いに、引きずられてなるものか。

自分は、違う。勘違いなんかしない。

ドキドキするのは、こんなふうに真っ直ぐに好きだなんて言われたのが初めてだから、そのせいで少しだけ浮かれた気分になっているだけで……。

違う違うと心の中で繰り返して、震える指を握り込んだ。

□　□　□

「夏芽」

顔を見るだけでもいいから逢いたい、と乞われて出向いた夏芽に、鼎は心底嬉しそうな顔で笑いかけてくる。

「……忙しそうだけど、おれに構う時間なんかあんの？」

もう、二十二時だ。

夏芽は『研修医』というものがどのような仕事をしているのか具体的に知らないが、多忙だという想像くらいはつく。

「夏芽の顔を見たら、疲れなんか吹き飛ぶよ。今日も綺麗だね。涸《か》れかけていたエネルギーを補給することができる」

鼎は、夏芽の反応が鈍くても楽しそうに口説き続けてくる。

ポケットに手を突っ込んだ夏芽は、チッと舌打ちをして短く言い返した。

「物好き」

「物好きじゃなくて、夏芽が好きなんだよ」

「……っ」

照れを感じさせない顔でそんなふうに言われて、返す言葉を失った夏芽の負けだ。

悔し紛れに睨み上げると、鼎が背中を屈《かが》めて夏芽の顔を覗き込んでくる。

思いがけず至近距離で視線が絡み、心臓が大きく脈打った。不意打ちのせいだ、と自分に言い聞かせて鼎の顔を押し戻す。

「近いっ。顔がいいからって、調子に乗んな！」

端整という言葉が、これほどピッタリな容貌《ようぼう》を他に知らない。テレビに出ている芸能人でも、こんなに顔立ちが整っている男はそう多くないと思う。

面食いと言われようが、男も女も整った顔は嫌いではない。ドキドキするのは、鼎だからという理由ではないと心の中で言い訳をする。

夏芽の葛藤など知る由もない鼎は、目をしばたたかせてわずかに首を傾げた。

「……褒めてくれて、ありがとう？」

「そ……チッ、調子が狂うな」

嬉しそうに笑いかけられたら、「そうじゃねーよ！　褒めてないからな！」と怒る気も殺がれる。

自分より遙かに体格のいい、二十五歳という大人の男の、小首を傾げるという仕草を「なんとなく可愛いじゃねーか」と感じるあたり……どうかしている。

「で、これからどうすんの？　晩飯……には遅いだろ」

顔だけ見て満足なのかと、鼎を横目で見遣る。

鼎は、笑みを消して夏芽を見下ろしてきた。

深夜とはいえ、駅前広場には眩《まばゆ》いほどの灯《あか》りが点されていて、互いの表情は難なく見て取ることができる。

「俺は、夕方に軽食を取っているから大丈夫。……夏芽は？　お腹、空いていない？」

「……ない。おれの顔を見るって用が済んだなら、帰るけど？」

「う……ん」

軽くうなずいた鼎は、唇を開きかけて言葉に迷うように引き結ぶ。夏芽から視線を逸らさないまま右手を伸ばし、左手の指先を軽く握ってきた。

「もう少し、一緒にいたいかな」

触れ合っているのは指先だけなのに、そこからじわりと熱が広がっていくみたいだ。

もっと激しい熱に全身を包まれる心地よさを知っているから、これだけでは物足りないと思ってしまう。

渇いた喉に、スプーン一杯分の水を落とされて……餓《う》えを自覚したところで、ペットボトル満杯の水を見せつけられているみたいだ。

満たされる感覚を求めて、手を伸ばさずにいられない。

「有り余る若者のエネルギーを、もっと分けてやろっか？　急速チャージできる方法があるし？」

視線を合わせ、鼎の指に自分の指を絡ませるようにして、これだけの接触では足りないだろうと挑発する。

鼎が望むなら、応《こた》えてやろうと……夏芽から求めているわけではないのだと、『理由』と『言い訳』をすべて鼎に押しつけるズルさは、自覚している。

胸の奥から湧いた自己嫌悪を、見て見ぬ振りで握り潰す夏芽に、鼎は迷うように視線を揺らがせる。

「でも、夏芽は」

「カナエのことは嫌いじゃないって言っただろ」

鼎が好きだと言うのなら、嫌いではないから相手をしてやると言い放つ夏芽は傲慢だ。

馬鹿にするなと背中を向けられても仕方がない態度だと思うのに、鼎は真っ直ぐな目で夏芽を見詰めている。

「俺は、そんなつもりで夏芽に連絡したわけじゃない」

「ふーん。顔を見て……お手て繋《つな》いで？　じゃあ、用は済んだよな。カナエがおれのことをいらないって言うなら、もう行くけど。さっきまで一緒に遊んでたやつが、まだそこらにいるはずだし」

デニムパンツのポケットからスマートフォンを取り出す素振りを見せると、鼎は夏芽の二の腕を強く握ってきた。

大きな手は力強くて、食い込む指が痛い。

行儀のいい鼎らしくない、無遠慮な行動とその痛みが夏芽に対する独占欲と執着を表しているようで、奇妙な悦びがゾクゾクと背筋を這い上がる。

「移動する？」

「……ああ」

夏芽の腕を摑む手から、ふっと力が抜ける。

握られる場所は、二の腕から手首に替わったけれど、手を離すと夏芽が迷子《まいご》になると不安がっているかのように鼎の指は絡みついたままで……動悸《どうき》が治まらない。

仲間内でのスキンシップなど、日常茶飯事だ。腕を摑み、肩を組み、抱きついたり……酔いやその場のノリ、徹夜のハイテンションに任せて唇を重ねたりすることもじゃれ合いの延長だ。

それなのに、鼎は違う。

誰も、こんなふうに大切そうに……照れくさそうな、嬉しそうな顔で夏芽に触れたりしない。

少し前を歩く鼎の腕、皺のない清潔なシャツに包まれた肩をそっと目に映す。

夏芽より、十五センチ余り身長が高い。身体の厚みも、肩幅も、腕の長さも比べようもなく鼎が勝っている。

弱そうに見せていながら、本当は、夏芽より腕っぷしが強い。

きっと、間違いなく力も強くて……それでも、体格や力で夏芽を押さえつけようとしたことは、一度もない。

夏芽のどこが、そんなに気に入ったのか知らないけれど……変な大人。

「勝手に決めるけど」

「……ん」

色とりどりのネオンは眩しいくらいなのに、なんとなく仄暗く澱んだ空気の漂う駅裏のホテル街ではなく、駅前を歩く鼎に小さくうなずく。

目的が『それだけ』に特化した場所で夏芽に触れたくないと、鼎はビジネスホテルより畏《かしこ》まった、でも夏芽が場違いだと気後れするほど豪奢ではないホテルを選んで夜を過ごす。

夏芽が、「朝まで帰れない時は路上で寝たことがある」などと口にした言葉を真に受けて、知ったからには放っておけないと居場所を提供してくれる。

朝まで一緒にいても、その都度身体を重ねるわけではない。鼎は、言葉にしなくても夏芽が人恋しさを感じている夜がわかるみたいで、不思議なくらい突っぱねられないタイミングで腕の中に抱き寄せる。

鼎の腕に包まれた夏芽は、そうすることが当然のような気分になって、もたれ掛かってしまう。

鼎に手を引かれて歩きながら、その背中を見る自分がどんな目をしているのか、わからない。

誰にも見られたくないから……時おりすれ違う車のヘッドライトに照らし出されないように、顔を背ける。

鼎に、手を摑まれているから。

逃げないのではなく、逃げられない。

自分自身への言い訳を数えきれないくらい重ねて、夜の街を歩いた。

「あ、カナエ……ッ、ゃ……」

ベッドに上がって、数時間。鼎の腕の中で自分がどれだけ乱れたか、明確に憶《おぼ》えていないし忘れてもいない。

だから尚更、淫《みだ》らな熱が引ききっていない身体に触れられると、容易く再燃しそうになって怖い。

「傷になっていないか、確かめるだけだ。大丈夫……かな」

ベッドにうつぶせになった夏芽は、クッションタイプのピローに顔を埋《うず》めて声を漏らさないように耐えた。

まだ異物感の残る粘膜を浅く探っていた指を引かれて、ホッと息をつく。

「平気だって、言ってんだろ」

鼎を振り返り、「この、バカ」と睨みつける。

凄《すご》んでいても、顔が熱い。

きっと、頬だけでなく耳や首まで赤くなっているはずだから、迫力はないだろうな……と自覚していたとおりに、鼎はクスリと笑った。

「真っ赤になって泣きそうな顔で睨まれると、ものすごく悪いコトをしている気分になるな」

「冷静に見られたら、恥ずかしーんだよ」

「恥ずかしい……って、でもさっきは」

なにを口走る気だ！　と、顔を埋めていたピローを投げつける。

狙い通り、夏芽が投げたピローは鼎の胸元に当たって落ちた。

避けたり手で受け止めたり、わざとしなかったのだとわかるから、命中したのにムカムカは消えない。

「最中とは状況が違うだろっ。カナエは時々、デリカシーがない！」

「……医療行為の感覚だったから、ごめん」

どうしてここで、しゅんとした顔で謝るのだ。そうして肩を落とされてしまったら、夏芽は怒り続けることができない。

うぅ……と奥歯を噛み、「もういい」と鼎に背中を向けて身体を丸めた。

そうして大きなベッドの上で身体を縮める夏芽の肩を、鼎はそろりと触れてくる。強引に振り向かせるでもなく、自分の腕で抱き込むでもない。

遠慮がちなのは、恋人ではないから……だ。

「夏芽。好きだよ。夏芽は？」

指先で髪を撫でられて、くすぐったさに肩を震わせた。

好きだと告げてくる鼎の声は真っ直ぐで、夏芽の答えはいつも同じだ。

「……嫌いじゃない」

そうでなければ、こんなふうに抱き合ったりしない。

素行は決して褒められたものではないと自覚している夏芽だが、貞操観念に関しては保守的と言ってもいいほど固いのだ。

仲間内では好き勝手しているように振る舞っているけれど、誰彼構わず肌に触れる気にはなれない。

色恋沙汰《ざた》は、すべてのトラブルの元だ。一人ではない反面教師を見てきたから、夏芽にとって災いとしか思えない。

意図して拒まなくても、これまで誰にも心を動かされることなどなくて……絶対に、自分は恋愛に溺れることなどないと高を括《くく》っていた。

誰かを好きという感情は、わからない。でも、嫌いかどうかはわかる。

「嫌いじゃない、かぁ」

変わらない夏芽の答えに、いつもの鼎は「そっか。嫌いじゃないならいい」と手を引くのに……今夜は少し違った。

「嘘《うそ》でもいいから、好きだって言ってくれないかな」

そう言って、少しだけ踏み込んでくる。

うなじに触れる手から、鼎の気持ちが流れ込んでくる。夏芽が好きだと、優しい感情が指先から伝わってきて……心臓が痛い。

嘘でも？　それでいいのか？

考えたこともなかった、「好き」という一言を……口に出す。それで、なにかが変わるとは思えないけれど。

ギュッと手を握った夏芽は、コクンと喉を鳴らして緊張のあまり震えそうになる唇を開いた。

「好きだよ」

聞こえるかどうか……という小声を聞き逃さなかったのか、うなじに触れていた鼎の指がピクリと震えた。

力強く肩を摑まれて、身体を反転させられる。

「夏、芽」

「……嘘だけどっ！」

目が合わないよう、顔を背けながら勢い良く否定した夏芽に、鼎は落胆を露《あらわ》にした。

がっくりと夏芽の肩に額を押しつけて、弱々しい声で訴えてくる。

「う……ひどいよ、夏芽」

「嘘でもいいって、カナエが言ったんだろ」

頭に手を置いて、ぐしゃぐしゃと髪を撫で回す。顔を上げた鼎と目が合い、「泣くなよ」と笑いかけた。

「泣かないけど、傷ついた。慰めてよ」

眉尻《まゆじり》を下げて唇を触れ合わせてきた鼎を、拒むことはできなかった。触れた唇がかすかに

震えていて、ものすごく悪いことをした気分になる。

嘘でもいいと、鼎が言った。

夏芽は、嘘だと即座に撤回するつもりで口にした。

それなのに、初めて口にした「好き」の余韻が舌に残っているみたいで……触れた鼎の舌先が甘い。

どうしてだろう。心臓が、ズキズキする。

好きだなどと口にしたところで、なにも変わらないと思っていた。けれど、口に出す前よりも胸が苦しい。

「ン、ぅ」

目を閉じて、広い背中に手を回そうとした……瞬間、ベッド脇に脱ぎ捨てた服の中からスマートフォンの着信音が聞こえてくる。

唐突に現実へと引き戻された夏芽は、ビクッと身体を震わせて鼎の背中を軽く叩いた。

「悪い、おれだ」

遊び友達の誰かなら、気づかなかった振りをして応答しない。でもこれは、無視することのできない着信音だ。

鼎の腕の中から逃れて、脱ぎ捨ててある服の山に手を突っ込んで探る。指に触れた感触で選んだデニムパンツを手繰り寄せ、ポケットからスマートフォンを引っ張り出して通話ボタンを押した。

「こんな時間に、なに……」

今夜は帰るなと言われていたし、夏芽もそのつもりで鼎とここに来たのに……と思いながら応答しかけて、言葉を切る。

『おい、どこが女友達だ？　男が出たぞ。ナツメナツメって、履歴もコイツばっかかじゃねーか』

「ぁ」

スマートフォンから流れてきたのは、表示された人物の声ではない。夏芽は、眉根をギュッと寄せてスマートフォンを握る手に力を込めた。

揉めている理由と、電話の向こうでなにが起きているかということになんとなく想像がついて、ため息をつく。

「なぁ、おれは」

スマートフォンに向かって呼びかけたけれど、夏芽の言葉など聞く気もないとばかりに、男女の言い合う声が聞こえてきた。

『お、弟だって言っても、信じてくれないじゃない』

『ふざけんなよオマエ。この前もそう言って、客の男と連絡取ってただろ。何十人、弟がいるんだ。あぁ？』

『や、……ッ』

ガン！　と、なにかが倒れるような音……そして、グラスかカップが割れる音。遠くから、『やめてよっ』と悲鳴。

「おいっ」

男女の声はもう聞こえず、ガタガタと不穏な物音だけが漏れ聞こえてくる。やがてブツリと通話が切れてしまい、折り返し電話をかけても呼び出し音が続くのみだ。

「ッ、女を殴るクズはシネ！」

低く吐き捨てた夏芽は、チッと舌打ちをしてスマートフォンを手放した。

イラ立ちに任せてピローを殴りつけたと同時に、「夏芽」と名前を呼ばれる。

ハッと顔を上げると、真剣な目でこちらを見ている鼎と視線が絡んだ。

しまった。鼎の存在を忘れていたわけではないが、なんでもないふうに取り繕う余裕がなかった。

「っと、悪い。あー……おれ、今日は帰るな」

鼎から目を逸らした夏芽は、ベッドから足を下ろして脱ぎ捨てていた服を身に着ける。

そのあいだも鼎の視線は感じていて、なんとも気まずい。

鼎はなにも話しかけてこなかったけれど、シャツに袖を通して、スマートフォンをデニムパンツのポケットに突っ込んだところで名前を呼びかけてきた。

「夏芽。なにか問題があるなら」

「別にっ？　カナエが心配するようなことは、なーんにもねぇよ」

鼎の言葉を最後まで聞かずに、笑って遮る。靴を履いてトントンと爪先《つまさき》を床に打ちつけて、ベッドにいる鼎を振り向いた。

真っ直ぐに目を合わせることはできなくて、夏芽が微妙に視線を外していることに鼎は気づいているはずだ。

「ヤリ逃げ、悪いな。じゃ、また暇な時は遊ぼうぜ」

笑顔でひらひらと手を振り、廊下に繋がる扉に向かう。

これでもう、表情を取り繕わずに済む……とホッとした直後、背中を「夏芽」と呼ぶ鼎の声が追いかけてきて、歩を緩めた。

「困ったことがあるなら、隠さずに教えてくれ」

「……おれの問題だよ」

振り向かずにバイバイと手を振って大股で部屋を突っ切ると、廊下に出た。即座にオートロックのかかる音を聞きながら、大きく息を吐く。

「めんどくせぇ」

無意識に零したけれど、なにが面倒なのだろう。

どれだけつれない態度を取っても、懲りずに「好きだ」と言い続ける鼎か……冗談に紛れさせてでなければ「好きだ」と返せない自分なのか、これから待ち構える一戦か。

電話がかかってこなければ、安穏とした夜を過ごせたのに……？

「あーあ」

のほほんとたゆたっていた夢から、唐突に現実へと引き戻された気分だ。鼎と一緒にいて、なんとなく浮かれていた自分に腹が立つ。

鼎に逢う前までは、もっと淡々と……なにも考えずに流せていたことばかりなのに、今はわけもわからず心を乱されてしまう。

余計なことを考えないほうが、楽に生きられる。適当に流していたら、心身共に疲弊することもない。

それなのに、鼎と逢わなければよかったと、チラリともそんなふうに思わないことが不思議だった。

□ □ □

気を抜くと、唇の端がピリッと痛む。奥歯を噛むタイミングが遅くて、口の中の粘膜を傷つけたのは失敗だった。

おかげでここ数日、七味を振ったうどんを食べることさえできない。うっかり果汁たっぷりのレモンスカッシュを飲もうとした時は、炭酸と柑橘《かんきつ》の刺激に無言で身悶えてしまった。

泣きながら「ごめん」と夏芽の両腕に縋りつき、「助けて」と零した消え入りそうな声が、耳の奥に残響している。

助けたい。助けられるのは、自分だけだ。

そのために、できることは……。

「ナツメ」

自分の両手を見下ろしてぼんやりしていた夏芽は、名前を呼ばれた瞬間我に返ってビクッと顔を上げた。

「はいっ。ぃて……」

口を開いたのと同時に唇の端にチリッとした痛みが走り、眉を顰める。

失敗した。殴られて切れた唇の端は、そのほとんどが瘡蓋《かさぶた》になっているけれど、不用意に口を動かすとまだ痛い。

眉を顰めて手の甲で唇の端を擦っていると、夏芽とお揃《そろ》いの一日限定の作業服を身に着けた先輩が駆け寄ってきた。

「鳳凰《ほうおう》の間の終了予定時間が延びてるらしくて、この付近で待機だと。あ、ロビーとか客の目につくところには行くなってさ」

「わかってます。おれみたいなのがウロウロしていたら、高級ホテルの格が下がるってんでしょ。搬入口あたりか、庭木の陰で膝を抱えてようかな」

「はは、まぁ……どっちにしても、俺らみたいなのは居心地悪いもんな。ほら、ああいうのばっかりだし」

ああいうの、と先輩が視線で指したのは、着物の価値などまったくわからない夏芽でも高級なものだと見て取れる豪奢な振り袖姿の女性と……かっちりとしたダークトーンのスーツを着た男性の、二人組だった。

その長身がよく知っている人物と重なって見えて、心臓がドクンと大きく脈打った。

ジロジロ露骨に見てはいけない。視線を感じ取られてしまう。

そう思うのに、目を逸らすことができない。

自分がこのホテルにいるのは、ホテル内のホールで催されている堅苦しい名前の会議だかパーティーだかの、設営と撤収のためだ。

こんなアルバイトでもなければ一生出入りすることがなさそうな自分とは違い、見るからに場慣れしている。

「アレ、見合いっつーか……顔合わせだろうな」

「顔合わせ？」

夏芽が目を向けたままの理由が、男性のほうにあるなどと知る由もないのだろう。暑《あち》ぃと零した先輩は、シャツのボタンを外してパタパタと手で扇《あお》ぎながら、夏芽の疑問に答える。

「見合いは形式だけで、最初っから結婚が決まってるんだろ。あんな気合の入った着物、纏まるかどうかわかんない席で選ばないだろうし。デートの実績づくりのついでに、披露宴の打ち合わせかなぁ。俺らとは住む世界の違う、上流階級だと珍しいことでもないんだろうけど……なんつーかまぁ、お上品な二人だな。映画の撮影でも見てるみてぇ」

夏芽より五年早く社会に出ている先輩は、ありとあらゆるアルバイトを経験している。一、二日だけの単発で、割のいいものがあれば夏芽を誘ってくれるのだが、今日だけは受けたことを後悔した。

見たくなかった。知らずにいたかった。

彼が、自分とは生きる世界が違うことなど……予想はついていたけれど、こうして現実として目の前に突きつけられると、胸にぽっかりと穴が開いたみたいだ。

ゆっくりロビーを横切った二人が、太い柱に隠れる。自然な仕草で女性をエスコートする彼がようやく視界から消えて、こっそり息をついた。

ショックだったのは、夏芽に「好きだよ」と繰り返す彼が、女性を前にして大人の男の顔を見せていたせいではない。

やっぱりな、と冷静に思い……引き際を定めるきっかけになったことに、なんとなくホッとした。

そんな怖いくらい冷淡な自分が、恐ろしく薄情な人間に思えて唇を噛んだ。

どちらにしても、時間は多く残されていない。

さよならを告げるのは、早いほうがいい。

《六》

『おれのことが本当に好きだって言うなら、おれのために解放してくれよ』

真っ直ぐな『好き』を向けてくれた優しい人に、自分がどんな言葉を投げつけたのか、忘れてなどいない。

そんなふうに言えば、彼が引き下がらざるを得ないとわかっていて選んだ台詞だ。

「ごめ、ん。……ナエ」

自分の声に驚いて、ビクッと身体を震わせた。

大きく息をついて、忙しない瞬きを繰り返す。

目の前が暗い。

まだ夜が明けていない時間で……ここは、畳に敷いた布団《ふとん》の上だ。見回した室内には、荷解きの済んでいない段ボール箱が積み上げられている。

「っ、なんで夢なんか……」

初夏に出逢い、夏を過ごして……秋の初めにさよならを告げた。

あれからいくつもの季節が流れて、出逢って五度目の夏を越えた。一緒にいたのはたった三ヶ月ほどの短い時間で、彼のいない日々のほうがずっと長い。

なのに、どうして今でも時々夢に見てしまうのだろう。特に今夜は、いつになく鮮明で
……胸の奥がズキズキと鈍い痛みを訴えている。

「ちくしょ」

封印したはずの名前を口にしたのは、夢の中か……現実か。あやふやなのに、甘い余韻が舌に漂っているみたいだ。

考えないようにしている名前。

鍵をかけて閉じ込めて、胸の奥に深く深く沈めている記憶。

封印を破ってつぶやいた、『カナエ』の一言は……後から思えば、まるでその後に起きることの予兆のようだった。

□□□

「んー……あつい」

「苦しい？　気づかなくてごめんな。もうちょっと、たぶん、このあたりに……」

きっと、今夜も熱帯夜だ。

カレンダーは九月に替わったのに、残暑と呼ぶには過酷な暑さが続いている。

背中に負った小さな身体は、もともと体温が高い。でも今は、平時と比べものにならないくらい熱くて、綿素材のTシャツやハーフパンツがじっとりと汗ばんでいる。密着しているこちらの背中も、汗で湿っていた。

急がなければ……。

「あ……あれかっ？」

小ぢんまりとした三階建ての建物……レトロなすりガラスの扉越しに、ぼんやりとした光が灯っているのがわかって、安堵の息をついた。

移り住んだばかりの土地勘がない町で、なんとか辿《たど》り着くことができたのは検索アプリのおかげだ。

扉の脇にある控え目な存在感のプレートには、『土曜午後・日曜祝祭日休診。診療時間正午～二十一時』とシンプルに記されていた。

「ギリギリ間に合った」

夜間診療専門や救急病院は別として、たいていの医療機関は夕方には受付終了を告げられる。

それらとは異なる二十一時までという診療時間は、人の動きが日没後に集中している繁華街の外れという立地故《ゆえ》かもしれない。

今の夏芽には、拝みたいくらいありがたいことだ。

「あ……っと。待てっ」

扉の付近の灯りが落とされる。すりガラスに人影が映り、扉の施錠をしようとしているのでは……と焦った。

慌てて扉に手を伸ばして、力いっぱい引く。

「まだ、九時前……っ」

飛び込んだ玄関の内側には、白衣姿の人物が立っていた。

白衣の人物は、勢いよく入ってきた夏芽に驚いたのだろう。大きく身体を引いて「いらっしゃい」と、どこかズレた一言をぽつりと零す。

長身の男性だ。見上げた顔は、品よく整った美形で……瞬間的に眉を顰めて足元に視線を落とす。

え……？　知っている顔だと思ったのは、気のせい……か？

「あ……の」

声が、喉の奥に詰まる。スリッパ履きの足元しか見えないのに、心臓がガンガンと早鐘を打っていた。

ほんの数十秒が、とてつもなく長く感じて……頭がくらくらする。

なに？　今は、いつ……ここはどこで、なにをしていた……？

「どうかしましたか？」

頭上から落ちてきた、低く落ち着いた声が、立ち竦む夏芽を現実へと引き戻した。

鈍くなっていた背中の熱さがドッと押し寄せてきて、ぼうっとしている場合ではないと我に返る。

「あのっ、子供……熱、出してるみたいで。測ってないけど、すげー熱くて……」

「ああ……こちらへ」

白衣の男性は、焦るあまりたどたどしく伝えた夏芽を落ち着いた態度で受け止めて、背中を向ける。

急いで靴を脱いでスリッパに履き替えると、静かな廊下を歩いた。

誘導する背中を追いかけながら、夏芽の頭には「なんで？」と「まさか」の二つがグルグルと駆け巡っていた。

彼が、こんなところにいるはずがない。

けれど……自分が、他人と見誤るわけがない。

五年という歳月の分、顔立ちにも雰囲気にも落ち着きが増した。ただ、品のいい端整な容姿と貴公子然とした佇《たたず》まいはそのままだ。

「……どうぞ」

白い扉を開いて促され、うつむいて足元に視線を落としたまま「はい」と小声で答えた。顔を隠したところで、今更かもしれない。ただ、彼の目から隠そうというよりも、夏芽がさらけ出していられなくなったのだ。

やはり彼は、夏芽に気づいていないのか？

飛び込んできたのが夏芽だと気がついていたら、言葉なり態度なり、なにかしらリアクションがあったはずだ。

「そちらに寝かせてください」

大判のバスタオルが敷かれた白い台を示されて、背負っていた小さな身体を下ろそうとした。

「あ……私が抱き上げましょう」

危なっかしい動きだったのか、ひょいと抱き上げられて背中が軽くなる。熱と重みが消えた途端、自分でも驚くほどホッとした。

ふー……と大きく息をついて、白い台に横たわる小さな身体を見下ろす、視界に白衣の長身が映り、意図せず肩に力が入った。

「持病は？」

「ない……」

「症状は？　発熱は、いつからですか？」

小さな機械を耳に当てて、数秒。

驚くほど短い時間で測定終了の電子音を鳴らした体温計を覗き込み、「三十八度七分」とつぶやく低い声に眉を顰める。そんなに熱が高かったのか。

「あ……いつからか、わかんない……です。お昼過ぎまでは、元気に遊んでて……大人しいなと思ったら、真っ赤な顔になって……て」

ぽつぽつと伝える夏芽の言葉は、自分でも頼りないと感じるものだ。けれど彼は、無言でうなずいて、Tシャツを捲《まく》り上げた胸元に聴診器を押し当てる。

「日頃、一番彼の様子を見ているのはお母さんですか？　最近の様子でなにか変わったことがあったか、聞いていますか？」

「ここしばらくは、おれだけ……で。昨日も、一昨日も、元気だったのに。ホントに、いきなり……」

聞かれたことに、機械的に答える。

高熱を出して、顔だけでなく手足まで赤くなっている小さな身体が心配で堪《たま》らないのに、意識が散り散りになる。

消毒薬の匂いがする、静かな空間で……少し手を伸ばせば、触れられる位置に彼がいる。

あまりにも現実感がなくて、その後もいくつか質問をされた気がするけれど、まともな返答ができたかどうかわからない。

白衣の袖口から伸びる手首から先、大きな手とすらりとした長い指をただひたすら見詰め続けた。

記憶の底に留《とど》まる指と同じで、力強さや体温、触れられる感覚までもが呼び覚まされそうになり、震えそうになる奥歯を強く噛み締めた。


解熱剤を投与されて少し楽になったのか、子供は横たわった白い台の上で眠っている。

額や首筋に触れて肌の熱さがマシになったことを確かめると、レトロな丸椅子《まるいす》に腰を下ろした。

ギッと軋《きし》んだ音が尻の下から聞こえてきて、つい微苦笑を滲ませる。

「RSウイルスや溶連菌も検出されなかったので、突発的な発熱ですね。季節の変わり目や環境の変化に敏感な子供には、よくあることなので……二、三日自宅で様子を見てください。悪化するようであれば、すぐに受診を……できれば、最寄りの小児科へ」

「……はい」

灰色の事務机とセットになった、肘掛けつきの椅子に腰かけている白衣姿の長身と向かい合い、診断結果に小声で短く答えた。

白い紙にペンを走らせる手元を、横目で見遣るのが精一杯だ。顔を上げられない。

「名前と、年齢……生年月日はいつですか？」

静かに問われて、ドクンと心臓が大きく鼓動を打った。縋るものを求めるように指先を手の中に握り込み、口を開く。

「お……大原、遙希《はるき》です。漢字は、遙か遠くの遙に、希望の希で……。生年月日は、二〇一六年の……」

名前を告げる声が、みっともなく震えそうになった。

ぽつぽつと必要最低限の言葉を口にする夏芽に、ペンを握る彼のリアクションは……。

「大原遙希くん。四歳と三ヶ月」

特に、ない？

復唱する声から、動揺が伝わってくることもない。

彼といた頃、陽射しに透ける明るいベージュ色だった髪は、落ち着いた焦げ茶色になっている。身長は三センチほど伸びたし、きっと身体つきも変わった。

服装も、ダメージ加工の施されたデニムや派手なプリントのTシャツではなく、シンプルなストレートパンツにリネン素材のシャツで……夏芽の風貌は、随分と変わったと長いつき合いの友人に言われている。十代の頃しか知らなければ、街中ですれ違っても気づかないだろうとも。

だから、夏芽のことがわからなくても不思議ではない。でもさすがに、名乗れば気づくと思っていた。

惑乱にますます強く拳を握ったところで、声をかけられる。

「保険証はお持ちですか？」

「あ……え、っと」

パッと顔を上げたと同時に、視線が絡んだ。

夏芽の目を、真っ直ぐに見据える強い眼差し……夏芽がわずかに視線を揺らがせても、彼は逸らそうとしない。

そのことで、悟った。

彼は、夏芽に気づいていないのではない。わかっていながら淡々と対応して、そ知らぬふりをしていたのだ。

夏芽のことなど、完全に記憶から消し去っている……その他大勢の見知らぬ人間と同列なのだと、大人の対応が物語っている。

当然だ。むしろ、過去を白紙として接してくる態度は幸いで……なのに、喉の奥がヒリヒリと痛いのはどうしてだろう。

「ほけんしょう……？」

ぼんやりと口にしたきり黙り込んだ夏芽に、彼はほんのわずかに眉根を寄せて怪訝そうな表情になる。

「保険証がなければ、自費診療となりますが。それなりに高額になるので……」

「高額って、五千円とか？」

「……以上であることは、確実ですね」

ボソッとつぶやいた夏芽に、少しだけ呆《あき》れたような声で答える。その声は、柔らかく『夏芽』と呼んだものと確かに同じなのに……温度が違う。

鈍い痛みを覚えるのは勝手だとわかっているのに、胸の奥がズキズキする。

「ない」

「え……？」

「飯代くらいしか、持ち合わせがない。証拠」

不愛想に口にすると、机の上に二つ折りの薄い財布を投げ出す。中を検《あらた》めろという意味だったのだが、彼は手を伸ばすこともなく表情も変えない。

「後日でも結構です。とりあえず、ここに連絡先を記してください。住所と、電話番号だけで構いません」

メモ用紙とペンを差し出されて、ムスッとしたまま手を出す。夏芽が達筆とは言い難い字で記しているあいだも、平然とした様子で手元の紙になにやら書き連ねている。

その横顔をこっそり窺い、落ち着き払った態度に、自分だけ奇妙な緊張を抱えていることが馬鹿らしくなってきた。

書き終えたメモ用紙の上にペンを置き、はー……と大きく息をついた。彼の目がこちらに向けられたことを確認して、なんとか唇の端を吊《つ》り上げて見せる。

「担保になるようなものもないし……カラダで払うか？」

ぎこちないものかもしれないが、薄く笑んでそう言うと、挑むような思いで視線を絡ませた。

自分でも、なにを馬鹿げたことを口走っているのだと、呆れ果てる。

でも虚勢を張って、威嚇でもするような心地で強がってみせなければ、無様に取り乱しそうで怖かった。

彼が、目の前に投げ捨てられた財布を手にして、開いていたら……カード入れに挟んである保険証のコピーを、見つけたかもしれない。

けれど彼は、冷めた目で夏芽を見るだけで……意地が加速する。

「おれに、そんな価値……ないって？　なんか言えよ、カナエ」

カナエ、と。

夏芽が口にした瞬間、正面の椅子に座る彼の眉がピクッと震えたのを見逃さなかった。

声が上擦《うわず》ることなく名前を呼べたことに、ホッとした。

鼎の名前は、二度と口にすることがないと思っていた。こんなふうに、喧嘩を売るみたいな心情で呼びかけるなどと、想像したことさえなくて……耳の奥で鳴り響く、心臓の音がうるさい。

焦燥感に突き動かされるまま、震えそうになる手を上げて着ているシャツの襟元を摑んだ。

「ストリップは、得意じゃねーんだけど」

微笑を浮かべた夏芽は、シャツのボタンを上から二つ……下からも一つ外して、右手を滑り込ませる。

じわりと捲り上げて脇腹を覗かせると、机にペンを転がす音が聞こえてきた。

そっと横目で見遣った遙希は、白いベッドの上でスヤスヤと寝息を立てている。視線を正面に移し、射貫《いぬ》くような眼で夏芽を睨んでいる鼎を見詰め返す。

馬鹿なことを言うな。ふざけるなと、手酷く突っぱねられることを予想して、もう一度「カナエ」と名前を呼びかける。

けれど鼎の反応は、夏芽がまったく予期していないものだった。

「……それでもいいが」

「は？」

なにか別の言葉を聞き間違えたのかと、目をしばたたかせる。きっと夏芽は間抜けな顔をしていると思うが、鼎は真顔で右手を伸ばしてきた。

指先が脇腹に触れ、ビクッと身体を引きかける。拒絶の意図はなく反射的な動きだったけれど、鼎は眉を顰めて夏芽の腕を摑んだ。

「見せつけるだけか？　ぼったくりだな」

感情の窺えない声で言いながら、肘の下を摑んでいた手をスッと滑らせて腕のつけ根辺りまで撫で上げる。

「ッ……」

背筋を悪寒に似たものが這い上がり、眉を顰めた夏芽は小さく肩を震わせた。

なにを考えている？　声は冷淡で、端整な顔には表情がなく、鼎の真意を一ミリも読むことができない。

こんなに冷めた目で自分を見る鼎を、夏芽は知らない。

「あ……」

無意識に逃れようとした夏芽の身体を、鼎は手放さなかった。

腰かけている丸椅子のキャスターが床を滑り、鼎の胸元に抱き込まれる。吐息が耳元をくすぐって、グッと息を詰めた。

「夏芽」

低く名前を呼ばれた瞬間、頭の中が真っ白になる。

かつての鼎は、誰よりも優しく夏芽の名前を口にした。ナツメという響きも、その由来も嫌いで、個体識別のためにあるだけだと諦めていた自分の名前が、特別なものになったように感じてくすぐったかった。

君に似合うと笑ってくれた鼎に呼びかけられると、この名前もそう悪くないかと思えて……顔も忘れた名付け親に、ほんの少しだけ感謝した。

向かい合った夏芽を冷淡な目で見ていた鼎は、どんな顔で夏芽の名前を零したのだろう。

知るのは怖い。

それなのに、確かめずにいられない。

恐る恐る顔を上げると、至近距離で視線が絡んだ。表情を確認する間もなく、目の前に影が落ちて……。

「……ッ」

やんわりと唇に触れたぬくもりに、身体を強張らせる。

夏芽が全身に緊張を纏っていることは伝わっているはずなのに、後頭部を包み込むようにして引き寄せている大きな手は離れていかない。

「ッ、ン……ン」

椅子のキャスターに乗せていた足が滑り、ガチャと小さな音が響く。夏芽が逃げようとしていると思ったのか、鼎の手に更に力が込められた。

どうして、キスなんかするのだろう。

今もまだ、夏芽に触れようという気になるのか？

全身が熱くて……息が苦しい。ドクドクと激しく脈打つ心臓の音が耳の奥に響き渡り、うるさい。

こんなことで医療費の支払いが免除されるなどと、夏芽も本気で考えているわけではない。今すぐ、鼎の腕の中から逃げ出さなければならないと両手を握り締めた。この手を背中に回してしまう前に、離れるべきだ。

だってここにいる人は、夏芽が甘えていい相手ではないのだから……。

心地よさに溺れる前に逃げ出せと、頭の中で警鐘が鳴り続けているのに、身体が……指先さえ動かない。

「……ん、な……っ」

不意に小さな声が耳に届き、ビクリと大きく身体を震わせた。ようやく硬直が解けて、慌てて鼎の肩を押し戻す。

「遙……希」

うつむいて右手の甲で唇を拭うと、鼎の顔は見ることなく腰かけていた丸椅子から立ち上がった。

膝が笑いそうになり、なんとか踏ん張って白い台に横たわっている遙希に歩み寄る。

むにゃむにゃと唇を動かした遙希は、台に手をついて見下ろす夏芽を眠そうな目で見上げてきた。

「なつめ？　お家《うち》？」

「お家じゃないよ。苦しくない？　お腹《なか》とか頭とか、痛いところは？」

矢継ぎ早に問いかけた夏芽に、遙希は小首を傾げて少し考えていたけれど……小さな手で目元を擦りながら答えた。

「ないよ」

「こら、擦っちゃダメだ。うさぎさんの目になる」

遙希の手を握って止めると、「んーん」と不満そうに零して嫌がった。触れた肌が、熱かった先ほどより体温を下げていることにホッとする。

背後で鼎が椅子から立つ気配、衣擦れの音と足音は聞こえていたけれど、意図して振り返ることなく遙希を目に映す。

「なつめ」

「うん？　なに？」

「あのね、……」

「喉が渇いただろう」

「ッ！」

遙希が口籠った言葉を代弁するかのように背後で鼎の声がして、息を呑《の》む。

「これを」

ビクッと肩を震わせた夏芽の身体の脇からスッと差し出されたのは、スポーツ飲料のボトルだった。

丁寧にもキャップが開けられて、ストローを挿してある。それを遙希が嬉しそうに両手で受け取ったことで、鼎の一言が正解なのだと悟った。

顔を横に向けた遙希は、夏芽が支え持ったペットボトルのスポーツ飲料を、勢いよく吸い上げている。

「汗を出すのは悪いことではない。頻繁に服を着替えさせて、水分をしっかり摂取するように。経口補水液か、スポーツ飲料でもいい。冷たすぎると胃腸によくないので、できれば常温のものを」

「あ……うん。これ……」

「俺の私物だ。請求額に上乗せしたりしないから、気にしなくていい」

淡々とした口調からは、鼎がなにを思っているのか読み取ることはできない。でも、ここで夏芽が言わなければいけない一言はわかっている。

「……ありがと」

ぽつりと口にすると、ストローから口を離した遙希が夏芽の後を追うように「ありがとぉ」と笑った。

その視線は、夏芽の背後……鼎に向けられている。

「食べたいものがあればたくさん食べて、しっかり眠るんだよ。そうしたら、すぐによくなる」

「ん……」

髪を撫でる鼎の手に、安心したようにうなずいて……瞼を閉じた。一つ大きく息をつき、また眠りに落ちたようだ。

「ふ……遙希のやつ、寝惚けてたんだろうな。医者っていうか注射嫌いで、いつもなら白衣の男の人を見たら泣く癖に」

鼎に頭を撫でられて安心するなよ、と苦笑する。

夏芽より鼎に触れられて安心感を得ていたように見えることと、遙希に優しく触れる鼎の指先と……どちらにモヤモヤとした気分になっているのだろう。

「髪質も……目元も、夏芽によく似ている」

「……だろ。将来有望なイケメンだって、お姉様方にモテモテなんだ」

先ほどまでの妙な空気が一掃されたことに、ホッとした。

真意の読めない鼎の言葉に、笑って軽口を返すことのできる自分にも安堵する。

「夜間に、悪かった。焦ってたから……助かった。ありがと」

ぽつぽつとしゃべりながら、遙希の身体を抱き上げる。

身体の前で抱くより、背負ったほうが楽だな……と思った夏芽の思考を読んだように、鼎が手を貸してくれた。

「バスタオル、清潔だから……使っていい。遙希くんを背負って……こうして身体の前で縛れば、安定する」

「うん」

大判のバスタオルで遙希の身体を包み、両端を夏芽の身体の前で結んでくれる。眠っている遙希を普通に背負うより安定感があり、これなら帰りつくまで危険はなさそうだ。

「……診療費、今日は無理だけど踏み倒さねーから」

戸締まりついでに見送ってくれるつもりか、鼎と共に廊下に出て玄関先でスリッパから靴に履き替える。

トンと爪先を打ちつけて足元に視線を落としたまま口にすると、鼎が不思議そうに答えた。

「診療費？　きちんと払ってもらっただろう」

「え？　でも、あんなの」

驚いて顔を上げた瞬間、言葉を封じるように唇を重ねられる。

不意打ちに驚いた夏芽は、ぽかんとした顔になっているはずだ。

言葉もなく鼎を見上げていると、白衣のポケットから見覚えのある二つ折り財布を取り出した。

「あ、おれの」

事務机の上に投げ出し、すっかり忘れていたものだ。

夏芽のパンツのポケットに財布を突っ込んで、かすかな笑みを浮かべた鼎は、

「……気をつけて。すぐそこにタクシー乗り場があるけど、送らなくていいかな」

そう言いながら遙希の頭を撫で……ついでのように夏芽の髪に触れて、大きく一歩足を引いた。

照明を絞った薄暗い廊下に佇む白衣姿の長身が、見知らぬ人のように見えて、まばたきを繰り返す。

「ここから……歩いて、十分もかかんない……」

夏芽は呆然とした心地で言い返すと、ゆっくり鼎に背中を向けてすりガラスの扉を出た。

呼び止める声はなかったけれども、夜の路上を数歩進んで振り返る。

まるで、ついさっきまで夢の中にいたような不思議な心地だ。唇を重ねて腕の中に抱き寄せられたことも、現実か願望か曖昧だった。

でも、振り向くと消えているのではないかとあり得ない現象が頭を過った小さな医院は、確かにそこにあって……。

「なんで、こんなところに……カナエ」

彼が、いるはずのない場所だ。

出逢った頃は『医者の雛』だった彼は、五年が経って今では立派な医者になって……大き

な病院で、たくさんの人に囲まれているはずなのに。

青天の霹靂《へきれき》としか言えない、二度と逢うことがないはずだった人物との邂逅《かいこう》は……心臓を鷲摑《わしづか》みにされたように苦しかった。

別れ際、そっと髪を撫でられた感覚がまだそこに留まっているみたいで……。

「んぅ、ぁ……きな」

ゴソゴソと身動ぎをした遥希が、背後から夏芽の肩に抱きついて小声で漏らす。

背中で感じる熱い身体は、唯一これが現実だと感じさせてくれる。ぼんやりするなと、夏芽を『今』に引き戻してくれるみたいだ。

「ッ……残念、夏芽だ。眠っててい－ぞ」

寝言らしきものに苦笑を浮かべて答えると、止めていた足の運びを再開させた。

《七》

長年使用している事務椅子《いす》は、本来の主より重量のある自分が腰《こし》を下ろすと、ギッと軋《きし》んだ音を立てた。

深呼吸を一つして、人差し指の背を唇《くちびる》に押し当てる。

彼の唇の感触を思い起こすように……刻みつけるように、目を閉じてぬくもりを嚙《か》み締めた。

わかりやすい挑発に乗った……ふりをして、彼の唇を奪った。誘いかけたくせに、驚いた顔でこちらを見ていた夏芽《なつめ》は、自分が一瞬だけ泣きそうな顔をしたことに気づいていないのだろう。

抵抗は、思ったより弱く……抱き寄せた身体《からだ》、触れた髪の感触が色濃く留《とど》まっている。

「……夏芽」

つい数分前までここにいた人物の名前を口にすると、胸が締めつけられるような愛《いと》しさが込み上げる。

彼が飛び込んできた瞬間、五年という空白の時間が一気に巻き戻されたみたいだった。

少し、背が伸びた。縦の成長に追いついていない薄い身体つきも、あの頃よりはしっかりしたものになっただろうか。

甘いミルクティーベージュだった髪の色がダークトーンに変わり、風貌《ふうぼう》だけ見れば変化は少なくない。

それでも、鼎《かなえ》には一目で『夏芽』だとわかった。

動揺を表さないよう、必死に自制して落ち着き払った態度を取り繕《つくろ》っていたのだが、夏芽に不自然さを感づかれなかっただろうか。

「あの子の存在が、ありがたい」

ギリギリのところでなんとか平静を保つことができたのは、夏芽によく似た子供の存在があったおかげだ。

彼がいたから、夏芽に激情をぶつけずにいられた。

「子供の成長は早いな」

少し離れたところから覗《のぞ》き見た、新生児の頃の彼を思い浮かべて苦笑を滲《にじ》ませる。

夏芽と彼……遙希《はるき》が一緒にいるところを目《ま》の当たりにした時、どんな感情が湧くのか自分でもわからなかった。

五年分大人《おとな》びた夏芽と、一見して家族とわかるよく似た顔立ちの遙希は、小さな夏芽を見ているようで……ただ可愛《かわい》かった。

「五年……か」

思い起こせば、あの頃の自分は周りがろくに見えていなかった。与えられた安全な環境に身を置き、狭い世界で守られて生きていた子供だった。

年齢だけは夏芽より八年分重ねていたけれど、精神年齢は彼のほうがずっと先を行っていたに違いない。

カルテに記した、『大原《おおはら》遙希』の名前、夏芽が書き記した住所と電話番号。

それらの上に手を乗せて白い天井を仰《あお》ぎ、深く息を吐いた。

□ □ □

「おれのことが本当に好きだって言うなら、おれのために解放してくれよ」

苦しそうに投げつけられたそんな一言が、耳の奥にこびりついて離れない。

解放が愛の証《あかし》だと……あんな言い方をされれば、手を握り続けることができなかった。

一人きりで部屋に閉じこもって失恋の痛手を癒したいところだが、鬱々《うつうつ》と落ち込むことを周囲は許してくれない。

コンコンと扉をノックされて、「はい」と答える。

「鼎さん、少しお時間よろしいかしら」

廊下から呼びかけてきた母親の声にため息を飲み込んで、腰かけていた椅子から立ち上がった。

半分ほど扉を開いて、母親を見下ろす。

「なにか？」

「お父様がお帰りになったの。話したいことがあるんですって。応接室においでよ」

「わかりました。すぐに行きます」

鼎がうなずいたのを確認して、母親が廊下を戻っていった。

ただでさえ、疲弊しているのに……北白河《きたしらかわ》の家において、絶対君主とも言える傲慢な父親に対峙《たいじ》するのかと考えるだけで、気が重い。

「……仕方がない」

逃げることも隠れることもできないのだから、早々に面倒ごとを済ませてしまったほうがいい。

シャツの皺《しわ》を伸ばし、スラックスに裾《すそ》をきちんと収めて身嗜《みだしな》みを整える。足元に視線を落として、ボソッとつぶやいた。

「メンドクセェ」

これは、夏芽の口調だな……と苦笑を浮かべて、無意識に口に出すほど彼の影響を受けている自分に気づかされる。

笑みを消してため息の数を重ねた鼎は、父親が待ち構えている応接室へと早足で歩を進める。

ノックをして「入れ」という一言を確認して、扉を開けた。

「失礼し……」

「遅い」

鼎が言い終わらないうちに、不機嫌そうな声で遮られる。ここで、呼ばれてすぐに来たのだが、などと言い返すのは愚かな反抗だ。

「申し訳ございません」

鼎に与えられた唯一の言葉は、謝罪で……深く頭を下げて、不手際を詫《わ》びる。

下げていた頭を戻すと同時に、続く指示が飛んできた。

「そこに掛けなさい」

「はい」

父親が座っているソファと、応接テーブルを挟んで真向かいにある一人掛けのソファを視線で示されて、腰を下ろす。

地域の中核を担う総合病院の院長として、なにかと多忙な父親と顔を合わせるのは、一ヶ月ぶりくらいだろうか。

「研修はどうだ」

「しっかり鍛えられています」

二十歳《はたち》の看護師よりも役立たずめと、陰で罵《ののし》られながら……という一言を飲み込んで、静かに答える。

修業中の身とはいえ、特にベテランの看護師はなかなか手厳しいが、遠慮なく接してくれることはありがたい。北白河の名を冠した系列病院を、研修先に選ばなくてよかったと心から思う。

「ふん。研修医など、猫の手と変わらん程度の無能だからな。先生などと呼ばれて、調子に乗るなよ」

「肝《きも》に銘じます」

まさかこの人が、普通の父親が子供を気にかけているような世間話と説教をするために、呼び出したわけではないだろうな。内心そう訝《いぶか》しく思っていると、本題らしきものに話題が移った。

「杉乃井《すぎのい》機器の苑子《そのこ》さんとは、何度かお会いしただろう。このまま話を進めるが、異論はないな？」

「それは……」

大手医療機器メーカーのお嬢《じょう》さんとの見合い話は、断るつもりだった。

父親の顔を立てるため、会ったのは事実だが……どう断りを入れれば角が立たないか、悩みの種だ。

言い淀《よど》んだ鼎を、父親は鋭い目で睨《にら》みつけてくる。

「申し分のないお相手だ。幸いあちらも、おまえのような年下の頼りない青二才でも研修が終わるまで待つと言ってくださっている。躊躇《ためら》う理由などないだろう」

「……もちろん、ありがたく思います」

「では、そのように先方に伝えておく。男は、家庭を持ってこそ一人前だからな。なに、家長としての自覚や自信など後からついてくるものだ」

父親は、自分の言葉に納得するようにうなずいて鼎に手を振った。もう行っていい、という合図だ。

「……失礼します」

会釈して離席すると、応接室を出て自室に向かった。

反論も反発も、面倒だ。もう……なるようになればいい。

夏芽という存在があった時は、いつ、どのタイミングで断るかとそればかり考えていたけれど、もう思い悩む必要もない。

こんな、抜け殻のような自分が政略結婚の駒として使えるのなら……好きなようにしてくれ。

ゆっくりと足を運び、自室のドアノブに手をかけたと同時に、隣の部屋の扉が開いた。

顔を覗かせた妹は、周囲に他の人影がないことを確認するかのように左右を見て、廊下に出てくる。

「……鼎兄さん」

鼎の隣に立って名前を呼びかけてきたが、それきり口を噤《つぐ》む。高価な本を借りたいと、言い出しづらいのだろうかと首を捻《ひね》った。

「なんだ？　参考書や本なら、勝手に探して……」

「お見合い、受けるの？」

唐突な一言に虚を衝かれて、頬《ほお》を引き攣《つ》らせる。

どう答えるべきか言葉を探して黙り込む鼎に、険しい顔で畳みかけてきた。

「なんで、そんなことまで父さんの言いなりになろうとしてるの？　デートをするだけじゃなくて、もう少し深い……つき合ってる人、いるんでしょう？」

「ちょ、と待て。なんで……そんな、つき合っている人……とか」

思いがけない妹の言葉に驚いて、しどろもどろに言い返す。

これまで妹とは、交友関係にまで踏み込んで語ったことはない。異性関係についても同じで、互いによく知らない。

それなのに、どうしてそんなふうに確信を持った言い方で……？　と、妹と向かい合う鼎は怪訝《けげん》な顔になっているはずだ。

「わかるわよ。帰りが遅い日が続いたり、外泊したり……夜勤や宿直にしては、多すぎるもの。それに、雰囲気が変わった。楽しそうで……普通の人みたいだったもの」

「普通の人みたい……って」

これまで人間ではなかったかのような言い様に、苦笑する。

妹の目に、自分はどんな人間に映っていたのだろう？

「子供の頃から、鼎兄さんは完璧すぎて……脳の代わりにＡＩが組み込まれているみたい、って思ってたもの。それも、父さんや母さんに都合のいいプログラムを組まれて……」

「はは、ＡＩか」

的確な一言だ。自我を抑えつけられて両親の言いなりになっていることも、妹には見抜かれていたらしい。

否定はできない。それが、すごく……楽だったからだ。

でも、ここしばらくの自分は違って見えた？

「つき合っている人から、いい影響を受けたんだって思ってた。なのに、父さんの都合のいい相手とお見合いして……好きでもない人と結婚するつもり？」

母親から聞いたのか、使用人の噂話《うわさばなし》か……妹の耳に入っている情報は、ある程度正確で少しばかり先走ったもののようだ。

でも、先ほどの父親の様子では近いうちに『正解』になる。

「誰か、他の人に心を残して結婚するなんて、お嫁《よめ》さんにも失礼じゃないの？」

「幸せの尺度は、愛情の有無だけでは測れないものだろう。まぁ、でも……愛せるように努力はするつもりでいる」

「今、本当に好きな人は、どうするの？」

静かに言い返す鼎を、妹はもどかしそうな目で見上げてくる。

女性側の立場に立って考えれば、鼎が不誠実に見えるのも当然か。

「……いない。勘違いだよ」

本当に好きな人。夏芽の顔が思い浮かび……頭の隅に追いやった。

いないと言葉にしたのは、一種の自己暗示だ。

もう、いない。

……最初からいないものだと思うことができれば、この胸の苦しさが少しは和《やわ》らぐだろうか。

泣きそうな目で鼎を見上げていた妹は、握り込んだ右手を鼎の肩に軽く叩《たた》きつけた。

「……バカ」

項垂《うなだ》れてのつぶやきは、鼎の足元に落ちた。妹がどんな顔でそう言ったのか、鼎には窺《うかが》えない。

「がっかり」

もう一度鼎の肩を叩いた妹は、もうなにも話したくないとばかりに背を向けて、自分の部屋へと駆け込んでいった。

しばらく廊下に立ち尽くしていた鼎は、ふっと息をついて自室へ入る。

二歩、三歩……部屋の真ん中で足を止めて、強く両手を握り締めた。

夏芽の手を離す以外に、どうすればよかったのだろう。

彼と別れて思い知らされたことが、いくつもある。

名前と、年齢と、スマートフォンに入っている誰もが知り得る情報だけで、他のことはなにも知らなかった。

どこに住んでいて、家族構成はどんなもので、通っている高校はどこなのか。それさえ知らなかったのだ。

綺麗《きれい》な顔に、時々ケンカ傷らしきものを負っている。

それはわかっていても、夏芽は笑って「慣れてるから平気」と言うだけで、鼎にはろくに心配さえさせてくれなかった。

抱き合っているあいだは、確かに夏芽の心が自分にあると感じていたのに、別れ際の夏芽は否定するばかりで鼎に対する拒絶しか見えなかった。

「あんなふうに言われて……どうしろ、って」

硬い口調で投げつけられて耳の奥にこびりついた夏芽の台詞《せりふ》は、忘れようがない。

目を閉じて、一つずつ再生する。

『あんたより護《まも》りたいものができた』

『好きだと口走っても、あんただけとは言っていない』

『あんたじゃ、絶対にあの子に勝てない……』

極めつけが、あれだ。

「おれのことが本当に好きだって言うなら、おれのために解放してくれよ……か」

手を離すことが愛の証になるのなら、そうするしかないだろう。

強引に腕を摑《つか》んで自分に縛りつけて、それで夏芽のすべてが手に入るならどんなによかったか……。

けれど、夏芽の心が自分にないのなら。

「虚《むな》しいだけだ」

つぶやいて、瞼《まぶた》を押し開いた。

目に映る白い天井は、恩師から近いうちにすべてを譲り受ける予定の医院のものだ。

鮮明に思い起こすことのできる五年前と、現在と……どちらに身を置いているのか、あやふやで不思議な感覚に包まれる。

夏芽からさよならを告げられた時、どうすることが正解だったのか、今でもわからない。

ただ……あの頃の自分では、夏芽を支えられなかったということだけは確かだ。

世間知らずで視野が狭くて、自分のことだけでいっぱいいっぱいだった。

好きだと子供のように繰り返し、離れたくないと懇願するばかりの自分は、護るべき存在を定めて覚悟を決めた夏芽の目には、さぞ無様に映っただろう。

「無保険……か？　どんな生活をしている？」

夏芽が残したメモ用紙に手を置き、聴診器を押し当てた子供の薄い胸元を思い浮かべる。

遙希の発熱は突発的なもので、栄養状態がさほど悪いようには見えなかった。

血液検査等、詳しく調べたわけではないけれど、年齢から推測する身長体重といった生育状況にも問題はなさそうだ。

保護者である夏芽との関係性も、良好に見えた。

一つ気になるとすれば、夏芽が零《こぼ》した一言だ。

「ここしばらくは、おれだけ……か」

普段、子供の様子を一番近くでよく見て把握しているのは、たいていが母親だ。だから、医院に連れてきたのは夏芽でも母親から何か聞いていないのかと尋ねたのだけれど、答えは予想外のものだった。

遙希の母親……夏芽のパートナーは、一緒にいないのだろうか。夏芽が独りで、あの子と生活している？

保険証を見ることができていたなら。そのあたりもだいたい推測できたのに……今の鼎では、なにもわからない。

「でも、もし夏芽がなにか困っていたら……」

今度こそ、全力で支えよう。

疎ましがられたとしても、せっかく巡り逢うことのできた夏芽に、再び目の届かないところに行かれることのほうが耐えられない。

この医院の玄関先で、夏芽のパンツのポケットに捻《ね》じ込んだ二つ折りの薄い財布。あの財布のあいだに、鼎の個人的な連絡先を記した名刺を挟み込んでいることに気づくのは、いつだろうか。

「夏芽……俺を頼れ。利用しろ」

持ち合わせがない、担保となるものもないからカラダで払うか？　と挑むような目を向けてきた夏芽をメモ用紙に思い描いて、独り言を零す。

触れた髪の感触は、繰り返し夢に見たそれと変わらないもので……込み上げる愛しさも、あの頃のままだ。

挑発に乗った振りをして、弱みにつけ込むのは卑怯《ひきょう》だとわかっていながら、どさくさに紛れて唇を重ねた。

苦しいくらい、動悸《どうき》が激しくて……抱き寄せる手が震えそうになった。

「はは……三十路《みそじ》にもなって」

五年前と比べればそれなりに成長したつもりなのに、夏芽に対する想いだけはなに一つ変わらないのかと、自嘲の笑みを浮かべてぐしゃぐしゃと髪を掻《か》き乱した。

《八》

「目、痛ぇな。つーか、暑《あち》ぃ……」

額から流れ落ちた汗が目に入り、沁《し》みる。ぼやいた夏芽は、肩にかけているタオルで顔の汗を拭《ぬぐ》った。太陽が照りつける昼間よりは楽だが、夜になっても気温はほとんど下がっていない。

自転車を降りると、通行の妨げとならないよう路地に滑り込ませる。壁に立てかけ、しないよりはマシな程度の錠をかけておいて、裏口の扉を開けた。

「ただいまっす。お届けと……あ、ついでに器の回収をしてきました」

右手に持っているのは、銀色に光る昔ながらの『岡持ち』だ。ギロチン型の蓋をスライドさせて、重ねた丼《どんぶり》と平皿を取り出した。

とりあえず洗い物を済ませておこうと、食器洗い用のスポンジに手を伸ばす。

「ナツメ、これ飲んどけ。食器洗いはやっておくから」

「あ……はい」

夏芽の手とスポンジのあいだに割り込んできたのは、冷たいスポーツ飲料のペットボトルだった。

反射的に冷たいペットボトルを握り、「いただきます」とキャップを捻る。

「次は？」

額に手拭いを巻きつけたコック服の男性に、次の出前先を尋ねる。

業務用の大きなお玉に手にした男性が、目の高さにマグネットで留めたメモ用紙に視線を移して答えた。

「えーっと、青猫侯爵《あおねここうしゃく》ってバーに点心セット。すぐ近くだし、それを飲んでからでいい」

「へーい」

答えた夏芽は、客席からは見えない厨房《ちゅうぼう》の隅にある小さな椅子に座り、スポーツ飲料を喉《のど》に流す。

麺《めん》を茹《ゆ》でる大鍋、炒《いた》め物がリズミカルに舞う中華鍋……活気溢《あふ》れる厨房を眺めながら渇いた喉を潤わせて、大きく息をついた。

「商売繁盛でなによりだな」

繁華街の真ん中で深夜零時《れいじ》まで営業している中華料理店は、今夜も忙しそうだ。

カウンターが五席と、四人掛けのテーブルが四席のみのあまり広くはない店内だが、ひっきりなしにお客さんが入ってくる。

店主であり主に調理を担当するのは、十年近くのつき合いがある昔馴染《むかしなじ》みの先輩だ。調理補助を兼ねたウエイターが時間によって一人か二人と、出前を担当する夏芽……あまり多くない人数で店を回している。

「バイクの免許くらい、あったほうがよかったかなぁ」

夏芽は自転車しか乗れないので、配達可能範囲は近場に限られている。せめて、オートバイを運転することができればもう少し遠くまで効率よく届けられたのに……と零せば、店主の遠野《とおの》が小皿に載った小籠包《ショーロンポー》を差し出してきながら答えた。

「ほら、軽く食っておけ。……チャリでも十分役に立ってるぞ。ナツメが来てくれるまでは、出前にまで手が回らなくて断りまくってたからなぁ」

知り合いの店舗や昼間の常連客に、夜の出前を頼まれることは度々あったらしい。ただ、ギリギリの人数でやりくりしているので、事前に電話注文を受けておいて取りに来てくれる人へのテイクアウトが精一杯だったと聞いた。

「……ちょっとでも役に立ってるなら、いいです。おれも、ここで仕事させてもらうのは助かるし」

あれば有利と言われる運転免許だけでなく、特筆すべき資格をなに一つ持たない夏芽ができる仕事は限られている。

しかも、今は遙希と二人暮らしをしているので割のいい夜間アルバイトはできないし、長く家を空けていられないのだ。

その点も含め、遠野の中華料理店でのアルバイトは夏芽にとって都合のいいものだ。

「奥さんに遙希の面倒を見てもらって、助かります」

夏芽の勤務中は、この建物の上階に住む遠野の奥さんが、遙希を預かってくれているのだ。夜間保育に託すには、経済状況が苦しい。かといって、四歳の遙希をたった一人でアパートに残して仕事に出るわけにはいかないので、ものすごく助かっている。

夏芽の言葉に、遠野は「お互い様だ」と照れくさそうに笑った。

「うちのチビも同い年の友達ができて楽しそうだし、どうせ二人目の産休に入るところだったんだ。こっちこそ、嫁の穴埋めにしては十分すぎる働きで助かる」

「そう言ってもらえると、すげー嬉《うれ》しいです」

ここに引っ越してきてすぐ、そういえば開業したと連絡をもらっていた店が近くだな……と思い立って食事に訪れたのがきっかけだったのだが、「うちで働くか？」と誘ってくれた遠野には心底感謝している。

「よし、休憩終わり！　出前に行ってきます。えーと……青猫って、一本裏の通りの端っこでしたっけ」

飲み終わったペットボトルを握り潰して、腰かけていた椅子から立ち上がる。

注文の点心セットを皿に並べてラップをかけた遠野が、薬味やタレの小皿と共に岡持ちにセットして夏芽に差し出す。

「そっ。青いライトの看板が出てるから、その脇の階段で地下に下りればいい。代金は月末に纏《まと》めて回収するから、届けるだけでいいぞ」

「了解でっす。じゃ、行ってきます！」

その距離なら、自転車に乗るよりも徒歩のほうがいい。岡持ちの持ち手を握り、裏口のドアを開けて路地に出た。

客席ではエアコンがフル稼働しているし、壁には空気を循環させる扇風機が取り付けてある。とはいえ火を使う厨房の熱気と、熱帯夜の外気と……どちらがマシかと聞かれれば、風があるだけ外のほうがいいかもしれない。

「麺類じゃないから気が楽だな」

一番気を遣うのは、やはりラーメンの類《たぐい》だ。点心セットやから揚げ、チャーハンの出前はありがたい。

それでもできる限り岡持ちを道路と水平に持ち、早足で路地を抜けた。


「あ、戻ってきた。……ナツメ」

数軒目の出前を終えて店に戻ると、店の固定電話の受話器を手にした遠野が夏芽を手招きする。

　固定電話？　誰だ？　と不思議に思いながら作業台の隅に岡持ちを置いて、差し出された受話器を受け取った。

「もしもし……」

『あ、ナツメくん。遙希くんだけど、ちょっと具合が悪そうなの。うちで寝かせておいてもいいけど、京《きょう》ちゃんはもう上がりにしてもいいって言ってるから、お家《うち》に帰る？』

　電話の向こうから聞こえてきた声は、遠野の奥さんだ。このビルの三階にある自宅で、夏芽の仕事が終わるまで遙希を見てくれている。

「あー……蓮《れん》くんに感染《うつ》るものだったら大変なので、先輩がそう言ってくれてるなら連れて帰ります」

　彼らの息子《むすこ》は、遙希と同じ年だ。

　同じ年の遊び相手がいると蓮も喜ぶからと言って、世話を見てくれている二人に甘えているけれど、体調が悪いとなれば別だ。

　子供に多い、ウイルス性の風邪《かぜ》に感染している可能性もある。蓮に感染させると厄介だし、間もなく臨月を迎える奥さんに影響があっては大変だ。

『わかった。じゃ、荷物纏めておくね』

「ありがとうございます。あ、先輩に替わります」

相手には見えないとわかっていながら頭を下げて、受話器を遠野に戻した。店内の壁に掛けられている大きな時計を見上げると、二十一時半……だ。

これから忙しくなる時間なのに、早退することになって申し訳ない。

「すみません、先輩」

「気にするな。ガキって唐突に熱出すんだよなぁ。出前もそんなに多くない平日だから、何とかなる」

夏芽の背中を叩いて、「早く行ってやれ」と送り出してくれる。

遠野と店内に残るスタッフに頭を下げた夏芽は、早足で裏口を出てビルの階段を駆け上がった。

二階と三階には、二部屋ずつ住居がある。三階の一番奥へと小走りで向かうと、古びた金属製のドアをノックした。

さほど待つことなく、内側から開かれる。

「すみません。遙希、連れて帰ります」

「熱はそんなに高くないみたいなんだけど、お腹《なか》が痛いって言ってるから……」

「明日になっても具合が悪いようなら、病院に連れて行きます」

玄関先に立つ奥さんと潜めた声で会話を交わして、靴を脱いだ。奥の畳の間に布団《ふとん》が敷かれていて、遙希と蓮が並んで寝かされている。同じ寝相で眠る二人は、仲のいい兄弟のようで、微笑《ほほえ》ましい。

「遙希。帰るよ」

「んー……」

そっと遙希の身体を揺らして、声をかける。

少し前までは抱き上げて運ぶのもさほど苦痛ではなかったのに、この数ヶ月の成長で長時間抱いて歩くのが難しくなった。

「遙希、ちょっとだけ頑張って起きて。おんぶして」

「う……ん」

ぐずぐずと鼻を鳴らしていた遙希は、なんとか布団から起きて背中を向けた夏芽に覆い被《かぶ》さってくる。

「ナツメくん、これ。タオルとか服は、一緒に洗濯しておいたから」

「いつもすんません。ありがとうございます」

奥さんからバッグを受け取ると、蓮を起こさないよう小声で礼を告げて頭を下げた。

開けてくれた玄関扉を出て、ゆっくりと慎重にコンクリートの階段を下りる。

まだ昼間の熱気が漂う夜風に吹かれながら、アパートに向かって歩いていると……背中で、遙希がゴソゴソと動いた。

「遙希、起きたか？」

「ん……なつめ？　お仕事おわった？」

「まぁな。お腹、痛いって？」

「うん……ちょっとだけ」

話しながら、小さな手がギュッと肩を握ってくる。

顔を見られないので、声の調子から判断するしかないが……ものすごく具合が悪いというわけではなさそうだ。

うつむき加減で、アスファルトの路面を見ながら歩いていた夏芽は、「あ」と思い立ってアパートへ続く道の角を曲がらずに通り過ぎた。

診療時間は、とっくに終わっている。でも、もし電気が点《とも》っていたら……扉を叩くくらいは許されるだろう。

五分もかからずに辿《たど》り着いたのは、つい一週間ほど前に焦って駆け込んだ小さな医院だ。アパートからも中華料理店からも近いけれど、あえてこの道を通ることがないよう避けていた。

「電気、点いてるけど……」

すりガラスの扉の向こうには、ぼんやりとした電気が点《つ》いている。ただそれが、常夜灯のものなのか人がいることで点されているものなのかは、わからない。

施錠されているかどうかもわからない扉の前に立ち、迷うこと……数分。背中に背負った遙希が、「あつい」と身体を揺らした。

眠りから醒めたようなので、背中から降ろして顔を合わせる。

「まだ、お腹痛い？」

「……ちょっと」

顔色は悪くない。ただ、本人の言う「ちょっと」が、どの程度なのか夏芽にはわからないので、楽観視していいものかどうか迷う。

どうしようか……唇を嚙んだところで、すりガラスの扉の向こうに人影が映った。ガチャガチャと鍵の開く音に続いて、扉が開く。

「……っと。あれ？」

姿を現したのは、白衣ではなく……半袖《はんそで》のシャツとストレートパンツを身に着けた鼎だった。

扉の前に立つ夏芽と遙希の姿に、足を止めて目をしばたたかせる。

「どうかしたのか？」

「な、なんでもない。帰るところ？　あ……借りたままのバスタオル、洗濯してあるけど……忘れてきた。ごめん」

怪訝な声で尋ねられて、ぎこちなく首を横に振った。遙希の腕を摑んで数歩後ずさりをした夏芽は、頭に浮かぶ言葉を取り留めもなく口にする。

ジリジリと距離を取って逃げ出そうとした夏芽の腕を、鼎が摑む。

「待て。なにかあって、わざわざ来たんだろう？　遙希くんか？」

鼎が遙希の名前を呼んだことで、ビクッと足を止めた。

夏芽だけなら、迷わず逃げ出している。でも、遙希の存在が鼎の前から立ち去ろうとする弱い心にブレーキをかけた。

「なんか、腹痛い……って。ごめん。時間外なの、わかってたけど……」

夏芽の言葉を耳にしてその場にしゃがみ込んだ鼎は、遙希と目線の位置を合わせる。

「お腹痛い？　どんなふうに？　すごく痛い？」

きっと、怖がらせないよう配慮してだろう。柔らかな口調で尋ねた鼎に、遙希は首を横に振った。

「……ちょっと痛かった。もう平気。ちゅうしゃもお薬も、いらない」

先手を打って、注射も薬もいらないと拒む遙希に、鼎は苦笑を滲ませる。ジッと顔を見て、首筋に触れ……小さく首を傾《かし》げた。

「大丈夫そうかな。調子が悪くなるようなら、明日の診療開始直後に診るけど……心配なら、泊まっていくか？　自宅、ここの上なんだ」

医院の建物の上部を指差す鼎に釣られて、コンクリート造りの建物を見上げた。

一階部分が医院で、二階が住居になっているらしい。遠野の中華料理店と、同じ造りのようだ。

地価の問題か敷地の都合か、横より上に増築するのは繁華街ではよく見る建築方式なので不思議ではない。

「いや、そんなわけには……」

まさか、そこまで甘えるわけにはいかない。

鼎の自宅に押しかけるなど、冗談でもごめんだ……と頭を左右に振る夏芽に、鼎はなにを考えているのか読めない淡々とした声で続ける。

「遠慮しなくていい。どうせ、ここに一人だ」

「……え」

一人？　鼎が？　でも……。

戸惑いに言葉を失う夏芽をよそに、鼎は遙希に話しかける。

「遙希くんは、お泊まり嫌か？　あ……そういえば、初めましてか。オジサンはね、パパのお友達なんだ。遙希くんともお友達になりたいな」

「……パパと違う。なつめ」

夏芽を指差した遙希は、普段の呼び名は『なつめ』だとわざわざ訂正している。

夏芽はギクリとして鼎の様子を窺ったけれど、鼎は不審そうな顔をすることなく、笑って訂正に応じた。

「そっか。夏芽ね。夏芽と遙希くんと、どっちとも仲良くしたいな。もっとお話もしたいし、どうかな？」

「……いーよ」

夏芽と呼び方を改めた鼎の誘いに、遙希は少しだけ考えてコクンとうなずいた。

やり取りを傍《そば》で見ていた夏芽は、ギョッとして遙希の頭を見下ろす。

「遙希っ？」

どちらかと言えば、遙希は人見知りするタイプだ。

特に、大人の男性が苦手で慣れるまでは夏芽の後ろに隠れているのに……鼎にはさほど警戒する様子がなくて、驚く。

「遙希くんの許しを得たし、どうぞ。万が一急変したら、心配だろう？」

「………………」

確かに、深夜に遙希の体調が悪化したらと思えば不安だ。鼎が傍にいてくれれば、どれだけ心強いだろうとも思う。

けれど……。

「おいで。夜でも暑いね。お腹が大丈夫なら、ジュース飲む？」

「うん……オレンジ」

「ジュースを飲む気になれるなら、心配なさそうかな」

夏芽と話していては埒《らち》が明かないと思ったのか、鼎は遙希に話しかけながらその手を取った。

うなずいた遙希は、今にも鼎と歩き出しそうで……負けた。

「お邪魔、します」

小声で零した夏芽にチラリと目を向けた鼎は、ふっと柔らかな笑みを浮かべる。

その表情の意味するところがわからなくて、夏芽はぎこちなく唇を引き結んで鼎から目を逸《そ》らした。


鼎に案内された住居は、古びたビルの外観から想像するより、綺麗な部屋だった。間取りは、二ＬＤＫだろうか。

シーンと静まり返っていて……家具や電化製品は必要最低限の物しかない。生活感のあまりない、殺風景な空間だ。

「遙希くん、ジュースをどうぞ。もらい物だけど、オレンジがあってよかった。夏芽も、はい。グレープフルーツジュースでいい？」

ソファに腰かけた遙希と夏芽に、鼎が缶ジュースをグラスに移したものを差し出す。

「……どうも」

テーブルに置かれたグラス二つは、バラバラの大きさだった。食器の揃《そろ》い具合からしても、男の独り暮らしの部屋だとしか思えない。

露骨にキョロキョロしているつもりはなかったけれど、夏芽が視線を巡らせていたせいだろう。

テーブルの脇、ラグマットに腰を下ろした鼎が、ぽつりと口にする。

「古い建物だけど、前の居住者だった院長が引っ越す時に内装をリフォームしてある。俺はほとんど寝に帰るだけだから、もったいないと言ったんだが……ここだと、通勤時間がほぼゼロになるのはありがたい」

「……へぇ」

寝に帰るだけ、か。もしかして、セカンドハウスというやつだろうか。

本当の家は別のところにあって、時々ここに泊まっている……とか？　それなら、ガランとした印象なのも『ここに一人』という言葉にも納得できる。

疑問と解答を心の中ですり合わせながら答える夏芽の反応は鈍いはずだが、鼎はぽつぽつと言葉を続ける。

「学生時代の恩師から誘われて……今は二人体制だけど、院長は近いうちに隠居するつもりらしいから、いずれ俺が完全に医院を引き継ぐ予定だ」

「……ここを……？」

鼎は、『北白河』の名前を冠した大きな総合病院を継ぐのではなかったか？　どうして、こんな……小さな医院に勤めている？

一週間前に顔を合わせた時は、思わぬ再会に対する動揺が勝って深く考えられなかった疑問が、次から次へと湧いてくる。

「遙希くん、眠い？」

「んー……」

鼎の言葉に、ハッとして隣の遙希を見遣《みや》る。

グラスを両手で持ったまま、身体がふらふらしていて……今にも手から滑り落ちそうなグラスを、慌てて取り上げた。

「寝室、あっちだ。ベッドに寝かせてこよう」

立ち上がった鼎が、ひょいと遙希を抱き上げる。半ば眠りに落ちていた遙希は、大人しく鼎の腕に身を預けた。

遙希を抱いてリビングを出た鼎は、玄関からリビングへの廊下の途中にあるドアの前で足を止める。

「ここが寝室だから。夏芽、ドアを開けて」

「あ、うん」

後をついていった夏芽にドアを開けるよう促して部屋に入り、大きなベッドに遙希を寝かせる。

廊下から覗き込んだ寝室も、目につく家具はベッドと……本とライトが置かれたサイドテーブルくらいで、なんともシンプルな空間だ。

遙希は途中で起きることなくベッドに横たわっていて、運び終えた鼎が廊下に出てきた。

「もし遙希くんが起きたらすぐにわかるように、ドアを開けておくよ」

「うん。……ありがと」

うつむいて短く口にすると、足音を殺してリビングに戻った。ソファに腰を下ろして、遙希が飲みかけだったオレンジジュースのグラスを手に取る。

「おれが続きを飲む」

「じゃあ俺は、こっちをもらおう」

夏芽の隣に腰かけた鼎は、当然のように夏芽が口をつけたグレープフルーツジュースのグラスに手を伸ばす。

やめろと言うのも変なので、オレンジジュースを一気に喉へと流した。

喉を潤したばかりなのに、まだ渇いている気がする。エアコンの稼働音のみが響く空間に、奇妙な緊張が込み上げてきた。

隣に座っている鼎との距離は、三十センチもない。少し手を伸ばせば容易に触れられる位置に腕があり……意図して視界から外す。

「この前といい、こんな時間に……なにを？」

テーブルにグラスを置いた鼎が、静かに口を開いた。

無言のほうが気まずいので、ホッとして言い返す。

「なにって、仕事」

「夜に、遙希くんを連れて？」

淡々とした口調は、夏芽を咎《とが》めるものではない。

そうわかっていたけれど、遙希を振り回しているという罪悪感から神経を逆撫《さかな》でされた。

みっともないが、所謂《いわゆる》逆ギレだと自覚していながらトゲトゲした気分で言い返す。

「ガキを連れ回す時間じゃないのはわかってるけど、一人で留守番させられないだろ。働かないと食ってけないし。おれには、遙希を護る義務がある」

「……その割に、無保険なのは矛盾しているな。まさかと思うが、戸籍はきちんとしてあるんだろうな？」

静かな声で言葉を続ける鼎に、夏芽は両手を握り締めた。

鼎が説いているのは、世間一般の常識だ。彼の目に、夏芽が無責任なことをしているように見えるのなら、これまでの行いによる自業自得《じごうじとく》というものだろう。

そう頭では理解しているのに、胸の奥がキリキリと痛い。

握り込んだ手のひらに爪《つめ》が食い込む痛みに眉《まゆ》を顰《ひそ》めながら、ささくれ立った感情を低く吐き出す。

「あんたに関係ないだろ」

「それは、そうかもしれないが……この五年、ずっとこんな生活をしていたのか？　遙希くんと、……二人で？」

この五年。

特別なものを含まない、自然な一言だった。握り締めている指に、グッと力が入る。

夏芽にとって、生きるのに必死だった『この五年』は、とてつもなく長くて……あっという間だった。

鼎のことを思い浮かべる時間も徐々に減っていたと思っていたけれど、こうして言葉を交わしていると、昨日も逢《あ》っていたような不思議な感覚に包まれる。

「遙希と二人なのは、一ヶ月くらい前からだけどな。おれが働かないと、生きていけないんだから……金になるなら、どんなことでもやった。バカだから、身体を使うしかないんだよ。あんたが、考えたこともないようなものだって……っ」

イベントの設営に撤収、コンサートの警備といった一日だけの短期アルバイトから、山奥のダム建設現場での一週間に亘《わた》る泊まり込みまで。身体を使うしかない夏芽にできることは、限られているようでいてそれなりにあった。

肉体労働でボロボロになっていた頃のことを思えば、軽作業に加えて遙希のことを心配せずにいられる遠野の中華料理店での仕事は、本当にありがたい。

「金になるなら……か」

ぽつりと口にした鼎の顔は見ることができなくて、膝《ひざ》の上で握り締めた拳を睨みながら言葉を続ける。

「遙希のことは、この前も今日も……すげー助かったけど、おれに関しては、なにしてようが関係ないだろ。放っておけよ」

鼎が、五年ぶりに再会した自分にどんな感情を抱いているのかは、わからない。

気がついていないかのように、冷淡な態度だったかと思えば……あのキスだ。突き放されることを想定して、「カラダで払う」と言い放った自分に、鼎は淡々と「それでもいいが」と返してきた。

あれは、悪趣味な冗談に乗ろうとしたのか……本当に支払い能力がないのなら、それを代償にすればいいと憐《あわ》れんでくれたのか。

どちらにしても、鼎にとって利はないはずだ。夏芽の『カラダ』など、価値があるはずもない。

鼎の真意が読めない。虚勢を張って過去を忘れたように傲慢に振る舞っていても、心の中を掻き乱されて苦しい。

一方的なさよならを言い渡した時、どれだけ鼎を傷つけたか、忘れてなどいない……のに。

「夏芽が危なっかしいことをしているのなら、放っておけない」

隣から聞こえてきたそんな言葉に驚いて、ビクッと顔を上げた。

膝の上で強く握り締めた拳を、鼎の手に包み込まれる。

心臓が、激しく脈打つ。握られた手から伝わってくる鼎の体温に、じわじわと全身が熱くなる。

振り払って逃げ出したいのに、動けない。頭が真っ白になって、なにも考えられず……動揺に突き動かされるまま口を開いた。

「なん、だよ。この前といい、おれに触って面白いか？　あ、あれか。男だと数に入んないから、浮……」

「夏芽」

たった一言。低く名前を呼ばれただけで、なにも言えなくなってしまった。

口を噤んだ夏芽の頭を抱き込むようにして、鼎が端整な顔を寄せてくる。

逃げろ。突き放せ。ダメだ……と頭の中では拒絶しろというアラートが鳴り響いているのに、どうしても動くことができなかった。

軽く触れただけの唇が離れて行き、震える瞼を開く。

至近距離で視線を絡ませた鼎は、思考を一切読み取らせてくれないポーカーフェイスで夏

芽を見据えていた。

指が震えそうになって、握り締めた拳に力を込める。

夏芽に触れている鼎にまで、手の強張りが伝わっているかもしれないけれど、取り繕う余裕はない。

鼎は、なにも言ってくれない。沈黙が息苦しい。夏芽を見ている鼎の視線は、痛いほどで……わずかに視線を逸らして、唇を開いた。

「……宿代？」

なにか理由が欲しくて、そんな一言をつぶやく。

鼎が、そんな交換条件を持ち出す人間ではないと……純粋に心配してくれて、泊まっていけと誘ってくれたのだとわかっているのに、無理やりにでも口づけに意味を持たせようとしてしまう。

そうでもなければ、鼎が夏芽に触れるわけがない。

夏芽の拳を包み込んでいた鼎の指が、ピクッと震える。

ぬくもりが離れて行き、呆《あき》れて突き放されるか……とホッとした直後、大きな手が頬に触れてきた。

今度は逃がしてもらえず、間近で目を合わせることになる。

眼差《まなざ》しの熱量が、かつて夏芽を見ていたものと重なる。そんなわけないのに、あの頃と同じ思いをぶつけられているような錯覚に眩暈《めまい》がする。

微動だにしない夏芽を真《ま》っ直《す》ぐに見詰めていた鼎は、

「夏芽がそう思うなら、それでいい」

表情を変えることなくぽつりと答えて、再び夏芽に唇を触れ合わせてきた。

「……ッ」

まるで金縛りだ。指先さえ動かない。背中に手を回せないのはもちろん、抗《あらが》う素振りを見せることさえできなかった。

《九》

大きく見開かれた目と、強張った肩は……どうして鼎がこんな行動に出るのかわからない、と言葉以上に物語っていた。

「……宿代？」

短く口にした夏芽の言葉を否定しなかったのは、そういうことにしておけば触れることを許してもらえるだろうかという卑怯な計算を、瞬時に働かせたせいだ。

どんな名目でもよかった。それで夏芽が逃げずにいてくれるのなら、弱みにつけ込む最低な男になっても構わなかった。

「ん……」

逃げ場がないことを思い知らせるように、ソファの背に押しつけて唇を重ねる。

首に腕を巻きつかせてくることはなくても、突き放されない。それに勇気を得て、口づけを深くする。

「ッ、ぁ」

唇を薄く開いて受け入れの姿勢を見せたのは、無意識の行動だろう。もしくは、習慣か……と頭を過《よぎ》った考えを、忌々《いまいま》しく握り潰す。

五年前もそうだった。鼎がどう触れても、どれだけ触れても、夏芽を独占していると感じたことはない。

それでも、今だけでいいから、夏芽の心も身体もすべてを自分だけで埋め尽くしたい。

シャツの裾から手を滑り込ませて、少し汗ばんだ素肌《すはだ》を撫でる。もっと、もっと触りたいという欲求が止めどなく湧き、コクンと喉を鳴らした。

「あ……っ、違う、だろ」

鼎が脇腹から胸元にまで手を滑らせたところで夏芽が小さくつぶやき、ギクリと手の動きを止めた。

鼎の手を摑んだ夏芽は、上目遣いで見上げてくる。

「宿代なら、おれがあんたに奉仕するべきなんじゃないの？」

そう言いながら足を少し動かして、鼎の腿《もも》の内側に自分の膝を密着させてくる。

露骨に反応しないよう抑えたつもりだけれど、ピクリと筋肉を震わせたことが夏芽に伝わってしまっただろうか。

「……触らせてくれればいい」

夏芽の挑発を無視して、制止されていた手の動きを再開させる。指を滑らせて、胸元で存在を主張している突起に手探りで触れた。

「は……っ、そんな価値、おれにはな……ぃ」

ビクッと身体を震わせた夏芽は、自虐的な台詞を口にしたけれど、鼎はほんの少し眉根を寄せて夏芽の耳朶《じだ》に歯を立てた。

「価値を決めるのは俺だ」

「ッ、で……も、ン……ぁ」

指先に力を込めると、声を殺して肩を震わせる。鋭敏な反応に煽《あお》られて、触れる手に熱を込めた。

かつて数え切れないくらい触れた気がするのに、実際に夏芽を腕に抱いたのは片手の指で数えられるだけの回数だったはずだ。

夢の中で重ねた情事と、現実の狭間《はざま》が曖昧になっているのかもしれない。

今も、夢の続きを見ているようで……目の前にいるのが本物の夏芽ではなく虚像なのかもしれないと、怖くなる。

「夏芽……夏芽」

名前を読んで、首筋に軽く歯を立てる。脈動と肌の熱さ、匂いが夏芽のものであることを確かめて、舌を這《は》わせた。

「ぁ、バカ……痕《あと》、つけんな」

「ん……わかってる」

苦情を零しながら髪を引っ張られて、そのかすかな痛みに微笑を浮かべた。間違いなく、現実だ。

「ぁ、カナエ……、なんで、そんな」

甘くかすれた声で名前を呼ばれると、ざわりと奇妙な悦《よろこ》びが湧き上がる。もっと追い詰めれば、自分だけに縋《すが》ってくれるだろうかという欲に突き動かされて、夏芽の耳を甘嚙みしながら言葉を請うた。

「じれったい？　どこを、どう触ってほしい？」

「……エロオヤジかよ」

呆れたように言いながら、肩に軽く拳を打ちつけられる。苦笑した夏芽の表情とかつての面影が重なり、心臓がますます脈動を速くした。

唇を重ねようとした瞬間、耳がわずかな音を拾う。

鼎が動きを止めると同時に、同じ物音に気づいたらしい夏芽が背中を預けていたソファから身体を起こした。

「あ……遙希」

完全に我に返った顔で、鼎が捲《まく》り上げていたシャツを引き下ろす夏芽を見下ろして、小さく嘆息した。

「知らないところで寝かされていたら、不安だろう。俺はここで寝るから、夏芽は遙希くんに添い寝してあげて」

「でも……」

「十秒以内に視界から消えないと、このまま最後までやるけど？」

躊躇う様子を見せていた夏芽は、鼎の台詞にギョッとした顔をしてそそくさとソファから立ち上がった。

カウントダウンの必要もない素早さに、鼎はうつむいてククッと肩を震わせる。

「ほら、せっかく逃げ出したんだから、俺の気が変わらないうちに行ってあげたほうがいい」

「……悪い」

鼎から目を逸らした夏芽は、短く言い残して、小走りで寝室に向かった。

寝室から漏れ聞こえてくる声は、「起きた？」「大丈夫」「一緒に寝るから」と自分に向けるものとは雲泥の差がある柔らかな響きで、ソファに身体を横たえて顔の上に腕を置く。

「ま、勝てるわけないいか」

張り合うことなどできないと、わかり切っている。

遙希が生まれてすぐ……四年近く前か。調査会社に依頼して夏芽の居所を探し出し、こっそり様子を覗きに行ったことがある。

乳児を抱く女性と、その隣を歩く夏芽は……幸せそうに笑っていた。

『おれのことが本当に好きだって言うなら、おれのために解放してくれよ』

別れ際、夏芽に投げつけられた台詞が頭の中によみがえり、強く拳を握った。夏芽の望む幸せがその形なら、もう関わってはならないのだと思った。苦しくて、悔しくて、今すぐ抱き締めたいくらい恋しくても……夏芽のためには姿を見せてはならないのだと奥歯を噛んで、その場を離れたのに。

「どうして、今……一人で、その子を育てている？」

もしも、夏芽の傍に彼女がいないのであれば。

鼎が遠慮する必要が、ないのなら……。

「今度こそ、絶対に離さない」

顔の前に手のひらを翳《かざ》して、グッと握り締める。

夏芽がどんな生活を送っているのか、多くを語ってもらえない今の時点では推測するしかできない。

でも、どんなことをしていても……まさかと思うが、なにかから逃げ隠れしなければならない立場だろうと、なんでもよかった。

夏芽の、絶対的な味方でいる。

世間知らずで、未熟な……余裕のなかった五年前とは違う。今の自分なら、どんな夏芽でも支えられる自信がある。

「夏芽も、遙希くんも……丸ごと腕の中に抱いて、護る」

そうすることが、できるはずだ。

ただ、夏芽が望んでくれなければ……差し出した手が行き場を失ってしまう。

「強引に抱き寄せて、大人しく抱かれてくれるならいいけどな」

夏芽は……是としないだろう。

性格的に、容易に甘えてはくれないはずだ。強い姿しか見せないと、常に凛々《りり》しく背を伸ばして全身で風を受け止めようとする。

鼎自身、鮮やかで、強い夏芽に惹《ひ》かれたのだ。

「簡単に甘えてはくれない……か」

それなら、どんな手段を使ってでも夏芽に自分を頼らせたい。医者という立場は、好都合だ。

大人の狡猾《こうかつ》さを利用して夏芽を縛りつけようとする自分は、無様で滑稽で……それでも、もう二度と夏芽を離したくない。

年月を重ねるうちに、いつか、過去になるだろうと思っていた。けれど、声を聞いて、触れて……これほど夏芽が恋しかったのだと、思い知らされた。

偶然の再会であっても、それが『縁』なのだと強引にでも結んでしまおう。

「今度は、簡単に手放さないからな」

なにもできずに立ち尽くすばかりの情けない自分は、思い出したくもない。大切なものは、自分から手を伸ばして、しっかりと摑み……離さないことが大事だ。

『おれのことが本当に好きだって言うなら、おれのために解放してくれよ』

次に同じことを言われたら、返す言葉は決まっている。

「本当に好きだから、絶対に離さない。誰よりも夏芽を大事にして……幸せにできるのは、俺だけだ」

あの頃は言えなかった。

今なら夏芽に誓うことができるそれを、目に見える形で証明できないのが、もどかしいけれど。

□　□　□

「北白河先生、お疲れ様です。お先に失礼します」

看護師の帰宅後、最後まで仕事をしてくれていた医療事務員が、診察室で書類整理をしている鼎に声をかけてくる。

「はい、お疲れ様です。また、週明けにお願いします」

鼎の返事に「はい」と答えて、急ぎ足で玄関を出て行った。金曜の夜ということもあり、帰宅を急ぐ気持ちはわからなくはない。

鼎を「うちに来い」と誘った恩師は、今では週に一、二度顔を出せばいいという頻度でやって来る。

昔馴染みの患者が来院する予定日にだけ白衣に袖を通して、短時間で帰っていくのだ。七十を過ぎた年齢的にも、完全に隠居する日は遠くないだろう。

「存分にこき使ってくれるけど、居場所をくれたことには感謝しかないな」

父親から半ば勘当され、行き場を失いかけた鼎を呼び寄せてくれたことは、ありがたい。派閥やら様々な人間の思惑が渦巻く大病院は不向きだと、もともと自覚していたこともあって、「俺の跡を継がんか」との誘いを二つ返事で引き受けた。繁華街の近くという立地に戸惑うことも多々あるけれど、小規模な医院は性に合っていると思う。

なにより、恩師がここに誘ってくれなければ夏芽と再会することもなかった。

書類を纏めてファイルに閉じると、小さく息をついた。

大手の病院ほど電子カルテが主流になっているとはいえ、昔ながらの手書きカルテは完全に廃止することができない。

恩師が常々ぼやいていることでもあるが、コンピュータを信用して完全に移行することは危険だという意見に鼎も同意だ。

「一応、鍵をかけておくか」

二十一時までと提示した診療時間は、とうに過ぎている。ただ、繁華街近くという立地故《ゆえ》に時間外に飛び込んでくる人は少なくない。

本当に急を要する患者ならこの小さな医院では手に負えないので救急車で搬送することになるし、話の通じない酔っ払いに時間外労働を強いられるのはごめんだ。

防御策としては、扉を施錠してしまうことに限る。

週に一、二度やって来る夏芽は……扉が施錠されていたら、医院の電話ではなく鼎個人のスマートフォンを鳴らすので、思い立った時に鍵を閉めておこう。

椅子から立ち上がり、玄関に向かう。照明は最低限のものに絞ってあるので、薄暗い廊下を歩き出入り口の扉に手を伸ばした。

鍵に指をかけたところで、すりガラスに人影が映る。ビクッと手を止めた鼎は、ガラス越しに外の様子を窺った。

酔っ払いのようなら、申し訳ないが気づかなかったふりをして施錠してしまおう。本当に助けが必要な人であれば、ひとまず招き入れるが……。

気配を殺してすりガラスの向こうを窺う鼎の目に、大人の背丈と……その脇に寄り添う小さな影が映る。

「……夏芽？」

この二つの影は、夏芽と遙希のものだとしか思えない。

ただ、夏芽なら遠慮せずに扉に手をかけるはずなのに？　と不審に感じつつ、そろりと扉を開けた。

十センチほどの隙間からこちらを見上げたのは、やはり遙希だ。目が合った鼎にニコリと笑い、背後を振り返る。

「……なつめ。カナエ！」

夏芽の真似《まね》をして「カナエ」と呼ぶ遙希は、扉の隙間をこじ開けようとしてか両手をかけてきた。

「っと、危ないよ遙希くん。夏芽？　なにやって……」

遙希が指を挟んではいけないと、慌てて自分の足を隙間に突っ込んでそこにいるはずの夏芽に声をかける。

扉に肩をもたせ掛けていた夏芽は、ぼんやりとした目で鼎を見上げてきた。視線が絡んだと同時に身体を起こして、自分の髪をバサバサと掻き乱す。

「あー……ボケっとしてた。あのさ、小籠包食うよな。オーダーをミスったやつ、もらってきた。あと、海老《えび》シュウマイ……」

なんでもなさそうに笑ってレジ袋を差し出してきたが、呂律《ろれつ》が怪しい。なにより、潤んだ目は残暑の色濃く残るぬるい夜風のせいではないだろう。

小さくうなずいた鼎は、夏芽を見下ろして眉を顰めた。

「小籠包もシュウマイも、好物だからいただこう。それより、夏芽……」

差し出されたレジ袋を右手で受け取り、左手でうなじを摑む。汗が滲む肌は、明らかに平熱とは言えない体温だった。

「医院の戸締まりをするから、少しだけ待ってて」

出入り口の扉を開け放したまま取って返し、パソコンの電源を落として診察室の電気を消す。机の隅に置いてあったスマートフォンだけポケットに突っ込んでおいて、夏芽と遙希が待つ玄関に急いだ。

手早く玄関扉の鍵を閉めて、夏芽の腕を摑む。

「上に行こう。遙希くん、これを持ってもらっていい？」

「はい！」

レジ袋を持つよう頼んだ遙希は、頼られたことが嬉しいのか満面の笑みを浮かべて鼎から袋を受け取った。

夏芽に自覚はないようだが、足元がおぼつかない。鼎に支えられて歩いていることも、本人はわかっていないはずだ。

「階段だ。足元、気をつけて」

「う、ん。遙希は？」

階段を上りながら遙希を振り向くと、ガサガサとレジ袋を左右に揺らしながら後をついてくる。

「遙希くんは、ちゃんとついて来ているから心配しなくていい」

ゆっくり足を運ぶと、自宅の玄関扉を開けて夏芽を誘導した。遙希は、きちんと自分で靴を脱いで、慣れた様子でリビングのソファに腰を下ろす。

「具合が悪いだろう」

「なにが？　平気だって。ちょっと、外が暑かったから……遠野さんも、早上がりしろとかって、大袈裟《おおげさ》……」

遠野というのは、夏芽が今アルバイトしているという中華料理店の店長の名前だと聞いている。

きっと、体調がよくないのは見てわかるほどで、早くに仕事を切り上げろと言われて店を出て……自宅まで帰りつく自信がなかったから、ここに立ち寄ったに違いない。

夏芽にその自覚があるかどうかはわからないが、頼ってくれたようでホッとする。

「遙希が……」

ソファの背に身体をもたせ掛けて、ぼんやりとした声で遙希の名前を口にする夏芽に嘆息した。

とりあえず、一番の心配事を取り払うべきか。

「遙希くんのことは、心配しなくていい。いつものように、ベッドで寝かせておく。遙希くん、お腹は空《す》いていない？　お風呂《ふろ》は？」

「お腹いっぱい。お風呂は、蓮くんと一緒に入った！」

鼎の問いかけに、遙希はわかりやすく答えてくれる。大人しいけれど敏《さと》い子なので、夏芽の様子が普段と違うことは察しているのだろう。

遙希と目を合わせて、問いかける。

「いつものベッドで、一人で寝られる？」

「……うん。なつめは？」

「もうちょっとしたら、遙希くんと一緒に寝るから大丈夫」

チラリと夏芽を見上げた遙希は、鼎の言葉にコクンとうなずいてソファから立つ。名残惜《なごりお》しそうに夏芽を振り返りながら、寝室に向かった。

まだ独り寝を嫌がる年頃のはずだが、我儘《わがまま》を言うことなく大人の様子を見てどう振る舞うべきか読んでいる。

夏芽とのやり取りを見ていても、強要されて身についたものではないとは思う。けれど、子供らしくなく気を遣う遙希がどこか痛ましくて、表情を曇らせた。

「夏芽。ちょっとこっちを見て」

下瞼を下げて、結膜の状態を確認する。

充血は、さほどない。咽喉頭《いんこうとう》の腫れは……ペンライトで照らさなければ、きちんと診られないだろう。

「……ライトと聴診器を持ってくるべきだったな」

聴診器を使うほど正確ではないが、胸に耳を押し当てて、とりあえず心臓と肺に雑音がないか聴いてみるか。

そう思い、夏芽が着ているTシャツを捲り上げる。ピクッと肩を震わせた夏芽が、ぼんやりとした目を鼎に向けてきた。

「……なに？　やんの？」

「しない。ちょっと黙ってろ」

夏芽の頭を軽く撫で、胸元に耳を押し当てた。目を閉じて、聴覚に神経を集中させる。

トクトクと忙《せわ》しない動悸は、発熱のせいだろうか。鼓動は速いが、乱れはない。肺にも雑音はなさそうで、安堵《あんど》の息をつく。

「体温計も……必要だったな。触れた感覚でしかわからないが、結構な熱があるぞ」

首筋とうなじに手のひらを押し当てて、発熱の様子を推測する。熱いな……と眉根を寄せて、脇に指先を潜り込ませた。

「ん？　大丈夫だ、ってば。やらねーなら、も……触んな」

身体を捩《よじ》って触れられることを嫌がる夏芽に、じわじわと眉間《みけん》に刻んだ皺を深くする。

ソファの背もたれに背中を預けて、浅い息をつきながら鼎を見上げてきた。

「すぐ、帰……っから。ちょっとだけ、休ませて」

「なに馬鹿なことを言っているんだ。動けないだろう。……水分を摂るべきだな。ちょっと待て」

汗を流したせいか、発熱のせいか、指先でそっと撫でて夏芽の唇が乾いていることを確認する。脱水症の一歩手前だ。

「チッ」

今まで気づかなかった自分に対して腹立たしくて、低く舌打ちをする。スポーツ飲料ならあるか、と夏芽をソファに残して冷蔵庫に向かった。

常備してあるスポーツ飲料のボトルを手にしてリビングに戻った鼎は、ソファから立ち上がった直後らしい夏芽を目にして表情を険しくする。

「夏芽。なにしてるんだ」

「……帰る」

真っ直ぐ立っていられないくせに、ぼんやりとした目で鼎を見て帰ると口にする。

ムッとして夏芽の背中を片手で抱き寄せると、あっさりと身体を預けてきた。

まともに立っていられないくせに、まだ意地を張ろうとするのか。それほど自分は頼りないのかと、頭に血が上る。

「いいから、そこに座ってろ！　そして、これを飲め。嫌だって言うなら、口移しで飲ませるぞ」

抱き寄せた夏芽の身体をソファに下ろして、目の前にスポーツ飲料のペットボトルを突きつける。

ぼうっとした目で鼎を見上げた夏芽は、かすかな笑みを浮かべてペットボトルを受け取った。

「怖《こえ》ぇ……自分で飲む、よ」

そう言いつつ、指先に力が入らないのかキャップを開けるのに四苦八苦している。無言で手を伸ばした鼎は、夏芽の手の上からペットボトルを握ってキャップを捻って開栓した。

夏芽は小刻みに震える手でペットボトルを握ると、勢いよく喉に流す。相当喉が渇いていたに違いない。

半分以上も飲んでペットボトルから口を離した夏芽は、目を閉じてソファに身体をもたせ掛けた。

鼎は、今にも落としそうな夏芽の手からペットボトルを取り上げて、キャップを締める。

唇の端から喉元まで伝い落ちた雫《しずく》を指先で拭い、夏芽に呼びかけた。

「……夏芽。どうしてここに来た？　俺を、頼ろうとしてくれたんじゃないのか？」

そのくせ意地を張り続けようとするのかと、問い質《ただ》す声が硬いものになる。夏芽は、目を閉じたままぽつりぽつりと答えた。

「ダウンしたら、遙希が……遙希のメンドー、見られない。っけど、先輩に預けておけば、よかったのか。……っちのほうが、安心……」

先輩、というのはアルバイト先の店長か。普段から、アルバイト中はその先輩の奥さんに遙希を託していると聞いたことがある。

確かに、今の夏芽の状態を見ればそこに預けておいたほうが安心だっただろう。

そんなことも思いつかないほど、切羽詰まっていて……それ以上に、誰かに頼ることが下手《へた》なのだ。

まるで、頼ることは甘えであり敗北だと言わんばかりに、差し出す手を拒もうとする夏芽がもどかしくて堪《たま》らない。

「遙希くんのために？　夏芽は？　具合がよくない時でも、俺に甘えてくれないのか？」

夏芽の頬に、手のひらを押し当てる。

火照《ほて》った肌に体温の低い鼎の手は心地いいのか、ふっと息をついて肩の力を抜くのがわかった。

「夏芽。俺にくらいは、甘えろ」

親指の腹で、そっと唇を辿る。カサカサに乾いていた唇に潤いが戻っていることを確かめて、安堵した。

その鼎の手を、きっと無意識の動きで払い除《の》けて、夏芽がつぶやいた。

「カナエだけは、絶対……やだ。甘え……いい、じゃ……な、ぃ」

甘えていい存在じゃない？

熱に浮かされたように、目を閉じてたどたどしくつぶやくその言葉は、なに一つ取り繕うことのない本音だろう。

ふー……と大きく息を吐き出した夏芽は、うとうと眠りに落ちようとしている。

「なんで、夏芽……っ。俺は、そんな頼りないか？　確かに、あの頃の俺はどうしようもなく世間知らずな未熟者だった。でも今は、少なくとも五年前よりは余裕があるつもりだ。八つ当たりでもなんでもいいから、俺にぶつけてくれ……っ」

両手でソファの背を摑み、夏芽の肩に額を押しつけて懇願する鼎の言葉は、もう夏芽の耳に届いていないのかもしれない。

支えたい。

それなのに夏芽に望まれないから、両腕で抱き締めることもできない。

「夏芽……」

首筋の熱を感じながら、万感の思いを込めて夏芽の名前を呼ぶ。

愛しさと熱情と、執着と……夏芽の名前は、鼎の中にある激情をすべて表すことができる呪文のようだ。

ソファの背もたれを摑む手にギリッと力を込めた瞬間、消え入りそうな夏芽の声が耳に流れ込んできた。

「ごめ……カナ、エ」

眠っていないのかと、ハッとして顔を上げる。

マジマジと見下ろした夏芽は、閉じた瞼をかすかに震わせて少し苦しそうに肩で息をしていた。

「どうして、ごめん？　寝言で俺の名前を口にする時くらい、好きだとか……喜ばせてくれてもいいんじゃないか？」

大人げない恨み言を零して、寝苦しそうな夏芽の身体を抱き上げる。

このままソファで寝かせておいてもいいが、ベッドのほうが楽だろう。軽い熱中症と疲労からの、一時的な発熱だと思われる。感染する類のものではなさそうなので、遙希の傍にいたほうが互いに安心できるはずだ。

寝室に運んでベッドで眠る遙希の隣に下ろし、汗で湿った服を脱がせて大判のバスタオルをかける。

そうして身体に触れても、夏芽は目を覚ますことなく鼎の手に身を預けていた。

気を許してくれていなければ、こうして無防備な姿を見せないはずだ。それなのに、意識がある時は鼎を拒絶しようとする。

どうすれば、夏芽の信頼を得ることができるのかわからなくて……夏芽の髪をそっと撫でると、唇を重ねた。

「夏芽。好きだよ」

耳元で告げた想いに、夏芽はほんの少し睫毛《まつげ》を震わせて唇を引き結んだ。

夢だとしても、間違っても同じ言葉を返してやらないと言われているようで、顔を歪《ゆが》めた鼎は唇を噛んで夏芽から目を逸らした。

《十》

手探りでスイッチを探り、暗い部屋に電気を点した。三日間閉め切っていたせいで、むわっとした澱《よど》んだ空気に眉を顰める。

「一番に換気だな。遙希、窓を開けるぞ」

「はぁい」

夏芽の号令に、靴を脱いで玄関を上がった遙希が室内に駆け込む。

遙希では手の届かない高さにある、台所の小窓を開けているあいだに一番大きな窓を全開にして、これでいい？　という顔で夏芽を振り向いた。

「ありがと。風呂……の前に、お茶でも飲むか？」

「飲む」

夕食は鼎と一緒に済ませて帰ったので、あとは風呂に入って寝るだけだ。帰り道にあるコンビニエンスストアで買ってきた麦茶のペットボトルを取り出して、二つ並べたグラスにたっぷり注ぐ。

一つを遙希に差し出して、夏芽も立ったままグラスに口をつけた。

つい三十分ほど前までいた広い部屋に比べると、六畳一間のアパートは息苦しさを感じるほど狭い。

　金曜の夜にふらふらになりながら押し掛けて、土曜日曜と……結局、丸二日間に亘って鼎の家で過ごしてしまった。

　金曜の夜、鼎がいるはずの医院の扉の前に立ち……上階の自宅に連れていかれたあたりの記憶は曖昧で、ところどころ霞《かすみ》がかかったようになっている。崩れ落ちそうになった身体を支えてくれる手は大きくて力強く、意地もプライドも罪悪感も、なにもかも投げ捨てて寄りかかってしまいそうになった。

　意識がクリアになったのは、翌朝に大きなベッドで共に眠っていた遙希に起こされたところからだ。

　とんでもない迷惑をかけたのに、鼎は微塵《みじん》も不快そうな様子を見せなかった。それどころか……。

「なつめ。飲んだ」

　思考に沈みそうになった夏芽は、遙希の呼びかけに我に返り、小さな手からグラスを受け取る。

「あ、ああ……じゃ、風呂だな。ザーッとシャワーでいいか」

「しゃわー！」

元気よく手を上げた遥希を浴室に促して、二日間ベッタリと一緒だったせいでまだ周辺に漂っている気がする鼎の気配を振り払った。

カーテンレールを物干し代わりにして洗濯を干し終えた夏芽が振り返ると、ついさっきまでしゃべっていた遥希は畳に敷いた布団に大の字になってスヤスヤと眠っていた。

いい夢でも見ているのか、幸せそうな顔にふっと微笑を浮かべて、その脇に座り込む。

クーラーが利きすぎていないだろうかと、タオルケットからはみ出した遥希の手に触れる。伝わってくるぬくもりに、肌が冷えていないことを確認した。

「遥希、明日はさー……遥希？」

小さなテレビの音量を下げたと同時に、畳の上に置いてあるスマートフォンが振動する。

「……こんな時間に誰だ」

二十三時という時間の着信に思わずつぶやいたが、だいたい予想はついている。

スマートフォンを手に取って表示されている名前を確かめると、やはり予想通りの人物だった。

「はいよ」

『夏芽、なかなか連絡できなくてごめんね。遙希は元気？　そっち、大丈夫だった？』

電話の向こうから聞こえてきた声は、明るいものだ。

心配しなくてもいいということはわかっていたが、そちらこそ大丈夫かと聞き返す必要はなさそうだった。

「大丈夫。遙希は寝たところだから、電話に出せないけど」

『んー、まぁ寝てるだろうなって思ってたから、いいよ』

もう少し早かったら、電話越しとはいえ久々に話ができたのにと思いつつ、遙希の寝顔を見下ろす。

電話に出せないという言葉に対する返事が、さほど残念そうではなかった理由はすぐにわかった。

『あのね、やっといろいろな手続きが終わったの。明日、遙希を迎えに行こうと思うんだけど……時間、何時くらいだったら都合がいい？』

弾むような口調で告げられて、グッと喉を鳴らす。瞬時に反応することができず、一度唾《つば》を飲んで口を開いた。

「朝か、十五時から十八時……バイトしてる店のランチと夜の開店までのあいだなら、大丈夫。火曜だったら定休日だし、いつでもいいけど」

『ちょっとでも早く迎えに行きたいから、明日の夕方でいいかな？』

「ん……わかった。駅まで連れて行く。遙希、喜ぶよ」

ちょっとでも早く迎えに行きたいという一言に、ホッとすると同時に鈍い痛みを感じる。

遙希が喜ぶのは間違いない。夏芽に我儘を言うことなく我慢しているけれど、寂しさを抱えていることは確実だ。

遙希のためを思えばベストで喜ばしいはずなのに、胸の奥がズキズキと疼《うず》く。

『じゃ、十六時くらいに駅で。そっちの駅に着いたら、また連絡する。……ホントにありがとね、夏芽』

「遙希を護るのは、当然だろ。じゃ……明日」

通話を終えたスマートフォンを畳の上に投げ出して、ぼんやりと遙希を見下ろした。

この小さな宝物を護るのは、当然だ。

可愛くて、大切で……ずっと傍で庇護するべき存在だと思っていたのに、間もなく夏芽は必要でなくなる。

「……いいことなんだよな」

遙希の頬を指先でツンとつつき、微笑を滲ませた。深く息を吐き出すと、くすんだ壁紙を見詰めてギュッと膝を抱える。

寂しい？　ふと頭を過った疑問を、瞬時に振り払う。

寂しくなんかない。これでいい。認めてはダメだ。心が弱くなれば、余計なことばかり考えてしまう。

奥歯を噛んで目を閉じると、夢うつつで聞いた鼎の声が次から次へと頭に浮かんだ。

『夏芽。俺にくらいは、甘えろ』

『俺は、そんな頼りないか？　確かに、あの頃の俺はどうしようもなく世間知らずな未熟者だった。でも今は、少なくとも五年前よりは余裕があるつもりだ。八つ当たりでもなんでもいいから、俺にぶつけてくれ』

『夏芽。好きだよ』

熱で頭がぼんやりとしていたせいで、どこまで実際に聞いたものでどこから勝手な妄想なのかわからない。

鼎は、夏芽が甘えていい存在ではない。

そうわかっていたのに、自宅アパートまで辿り着けないかもしれない……と思いながら無意識に足が向かったのは、鼎がいるはずの医院だった。

迷惑になるとか、疎ましがられるかもしれないとか、なにも考えられなかった。鼎は、当然のように夏芽と遙希を迎え入れてくれて……十分すぎるほど甘えている。

「好きとか……都合のいい夢。鼎には、きちんと大切な人がいる……のに」

五年前に夏芽が別れを告げた後、『医者の雛《ひな》』から立派な成鳥になった鼎は、あの見合い相手と結婚しているはずだ。

そして、『北白河』の名前がついた総合病院で医者をしている……と思っていたのに、こんなところで町医者をしている理由はなんだろう。

なにか事情があって、一時的に医院に身を置いているのだろうか。

普通の会社勤めをしているサラリーマンのように、一か所だけで仕事をするものではない……とか？

夏芽とは無縁の医者の世界はまったくわからないので、推測するしかない。

どちらにしても、鼎は夏芽が頼っていい相手ではない。

「鼎のお荷物には、なりたくない」

自分が鼎にとって、足枷《あしかせ》や負担となるのは絶対に嫌だった。

かつて、鼎のバックボーンを知った時に感じた、恐怖に近い思いは忘れていない。

好きだと言われても、信じ切ることができなかった。何故《なぜ》なら、住む世界があまりにも違う。

女性を前に夏芽の知らない顔をした鼎は、きちんと型にはまった結婚をするのが当然の人で、自分が邪魔をしてはいけないのだと現実を突きつけられた。

今も……それは変わっていない。深入りせず、もたれ掛かることなく……いつでも『切れる』位置にいなければならない。

さり気なく触れられただけで、心臓が握り締められたかのように痛くて……キスは指先が震えるほどドキドキしていても、鼎に悟られていないはずだ。

「……お人好し。変わったかと思ったけど、全然変わってないじゃん」

再会直後は、記憶にある五年前の鼎と雰囲気が違いすぎて戸惑った。でも、本質的な部分はなにも変わっていない。

夏芽が弱っていると、打算もなく手を差し伸べようとする。

別れ際、あんなふうに引き合いに出した遙希に対しても、ただ優しくて……あの時、自分が投げつけた言葉を思い出すたびに苦しくなる。

「遙希。おれは、おまえのために生きていくって決めてたのにな……」

鼎に、よく似ていると言われた遙希の髪に触れ、大きなため息をついた。

点けっ放しのテレビからは、日付が変わったことを知らせるニュースキャスターの声が聞こえてくる。

「遙希の荷物、纏めておかないと」

しなければならないことをつぶやいても、なかなか身体が動いてくれなかった。

□　□　□

「あきな！」

少し離れたところからでも、そこに立つ人物の姿は遙希の目に入っていたようだ。繋《つな》いでいた夏芽の手を振り払うようにして、人混みの中を一目散に走っていく。

「遙希！」

走ってくる子供の姿に気づいたのか、呼びかけられた女性はその場にしゃがみ込んで勢いよく飛びつく遙希を抱き留めた。

バッグを手にしてゆっくりと歩み寄った夏芽は、その脇に立つ大柄な男性に無言で頭を下げる。

夏芽に笑い返した男性は、ハニーブラウンの髪に淡いブルーの瞳という外見からは予想もつかない、流ちょうな日本語で話しかけてきた。

「ナツメ、ハルキをありがとう」

「……いえ」

不愛想に答えて、遙希の身の回りのものを詰めたバッグを手渡す。その脇で、女性の腕に抱き上げられた遙希が一生懸命話しかけている声が聞こえてきた。

「あのね、すぐお迎えくるって言ってたから、いい子で待ってた。なつめも、すぐっていつなのかわからないって言ってたけど、おそいよ」

「ごめんね。もう大丈夫。ずっと一緒だよ」

夏芽と一緒にいる時よりも、遙希の表情は豊かで明らかに嬉しそうだ。口数も多い。それも当然、か。

「本当にありがとう、夏芽。今日と明日は都内のホテルに泊まって、明後日には日本を発《た》つから……あ、これがあっちの住所。落ち着いたら、また連絡するけど……」

「ん……」

小さくうなずいて、差し出された白い封筒を受け取る。連絡先を記したメモにしては、妙に厚みがある？　と不審に思って中を検《あらた》めると、十枚では済まないだろう一万円札が収められていて眉を顰めた。

「なんだよ、これ」

「なんだよって、遙希が世話になったお礼……と生活費。事前に渡しておくべきだったと思うけど、うっかりしてて……ごめんね」

グッと封筒を握った夏芽は、自分より十センチ以上も上背のある男性のほうを、睨むように見上げた。

「あなたの提案ですよね。お返しします。おれが遙希の世話をするのは、当然だ」

まるで、金銭で片付けられる関係であると突き付けられたかのように感じて、カッと頭に血が上った。

なにより、この人に「世話になった」と礼をされる筋合いはない。

封筒を胸元に押しつけると、男性はゆっくりと首を横に振って夏芽の手を押し戻す。

「僕がお礼をしたいだけだ。ナツメには受け取る権利がある」

「いらないいっつってんだろ」

イライラが増して、低く唸《うな》るように反論した夏芽の耳に、遙希の声が飛び込んできてハッとした。

「なつめ、怒ってる？　はるきが、悪いことしたから？」

子供は敏感だ。

遙希の名前を出したせいで、不安にさせてしまったらしい。特に、遙希は繊細な部分があると知っていたのに、失敗した。

「違う。ごめん。遙希のせいじゃないし……怒ってるわけでもない」

深呼吸をして昂《たかぶ》りを抑えた夏芽は、肩の力を抜いて男性に突きつけていた手を下ろした。

その手を、脇からそっと握られる。

「遙希のために、計算とかじゃなく一生懸命に動いてくれた夏芽がいらないって言うのはわかるけど……引っ越し代とか、余計な出費が必要だったでしょ？　お願い。お姉ちゃんの自己満足だから、受け取って」

「……この場面で姉貴ぶるのは、ズルいだろ」

いつもは、全然と言っていいほど年上らしくない。姉であることを、主張したりもしないくせに……と唇を歪める。

だいたい、彼に憤《いきどお》りをぶつけたのは、ほぼ八つ当たりなのだ。

「とりあえず、預かっておきます。いつか、そっちが嫌になった遙希がおれのところに来るかもしれないし。その時のための、保険」

ぼそぼそと口にして、白い封筒をデニムパンツのポケットに突っ込んだ。

睨まないように気をつけたつもりだけれど、男性を見上げる目は少しばかり厳しいものだったかもしれない。

「残念ながら……そういう意味で必要になる日は、来ないはずだ。僕が、アキナもハルキも全力で幸せにするからね。約束だ」

真摯《しんし》な目でそう言いながら強引に握手をさせられて、渋々……を装って大きな手を握り返した。

接した時間は長くないけれど、夏芽も本当はわかっている。この人と一緒にいれば、きっと秋菜《あきな》も遙希も大丈夫だ。

これまでの家庭環境や事情をすべて知った上で、遙希ごと幸せにしたいと秋菜に求婚したのだから。

「秋菜と遙希を、お願い……します」

深く頭を下げて、「じゃあな」と背中を向けた。

みっともなく潤みそうになった目を、三人に見られたくないというなけなしの意地だ。

「夏芽」

呼び止めようとする秋菜に、淡々と答えた。

「バイト。夜の開店準備があるんだよ」

「ご、ごめんね。今まで、ありがとう。夏芽も……これからは自分のことだけ考えて、幸せになって」

歩き出した夏芽の背中を追いかけてきた秋菜の声に、振り返ることなく一度だけ右手を上げる。

「なつめ？　どこ行くの？　なつめも一緒じゃないの？」

そんな遙希の声に、足を止めそうになってしまい……振り払うように、小走りでその場を離れた。

元気でいろよ、とか……またな、と。

きちんと遙希の顔を見て、言うことはできなかった。次に逢えるのはいつになるかわからないのだから、しっかりその姿を目に焼きつけておくべきだと思うのに……ポーカーフェイスでいられる自信がなかったから、逃げた。

「今生《こんじょう》の別れってわけじゃ、ないんだし……」

足元に向かってつぶやいた声は、無様にかすれていて……どうしてだろう。視界が、ゆらゆらと揺らぐ。

これでよかった。なにもかも、うまくいく。遙希のために生きた時間は、無駄じゃなかった。

そう胸を張って言える。

なのに、胸の真ん中にぽっかりと大きな穴が開いたみたいで……スースーと風が通り抜けていく。

唇を噛んだ夏芽は、「暑ぃ。汗が目に入って痛《いて》ぇな」と言い訳を口にしながら手の甲で目元を拭って、ぽつぽつと照明が点り始めた繁華街を駆け抜けた。

□　□　□

「ただいま、っと」

扉を開けながらつぶやいた夏芽を真似して、同じ調子で「ただいまー」と続ける声はない。

狭いと思っていた六畳一間の部屋が、やけに広く感じる。

夜の開店前、遠野と奥さんの前で事情を話し、「これまで遙希を見てくれてありがとうございました」と頭を下げた。

しばらく黙って夏芽を見ていた奥さんは、「寂しくなるわ」とつぶやき……仲のよかった蓮は、「はるきくんは？　いないの？」そう涙ぐんだ。

新しい友達ができればいずれは忘れると、事実でも子供に言うことはできなくて、「いつかまた逢えるよ」とはぐらかすので精一杯だった。

閉店後、遠野は「明日の定休日はゆっくり休めよ」と夏芽の肩を叩いたけれど、ゆっくり……なにをすればいいのかわからない。

電気も点けずに畳に寝転がり、カーテンを引いていない窓の外から入ってくるぼんやりとした光を目に映す。

「今頃、三人で川の字になって寝てんだろうな」

遙希は、長く離れ離れになっていた母親との再会に興奮して、なかなか寝られないかもしれない。

母親と、義理とはいえ父親と……傍《はた》から見れば『普通』の家庭で、幸せに成長したらいい。それでいい。

畳に両手を投げ出すと、指先に柔らかなものが触れた。

「あー……バスタオル、カナエに返さないと……な」

小さな折り畳みテーブルの脇に置いてあるバスタオルは、発熱した遙希を背負って初めて鼎の医院に駆け込んだ時、おんぶ紐《ひも》代わりに借りて帰ったものだ。

洗濯をしていつでも返せる状態にしてあったけれど、鼎の医院を訪れるのはアルバイト帰りがほとんどで、持ち運ぶのを面倒がってアパートに置いたままになっていた。

このバスタオルを返したら、鼎とのあいだを繋ぐものはなくなる。

遙希の具合がよくないから、というのを建前に診療時間の過ぎた医院の扉を叩いていたのだ。

遙希を手放したからには、あそこを訪れる理由はなくなった。

「そっか。おれ……本当に独りになったの、初めてなのか」

物心ついて以来、金銭的な余裕が常にない忙しない日々だったけれど、いつも誰かが傍にいた。

秋菜にしても遙希にしても、護らなければならない存在があるということは、幸せだったのだ。

自分では庇護《ひご》しているつもりで、逆に夏芽が支えられていた。

独りぼっちになった今、そんなことに気がついても無意味だ。

だって、もう誰もいない。伸ばした手を握り返してくれる、ぬくもりもない。

自分のことだけを考えて幸せに……？

それがどういうものなのか、夏芽にはわからない。

目を閉じた夏芽は、無意識にバスタオルを握り締める。身体が重くて、腕を上げるのも億《おっ》劫《くう》だ。

動かなければならない理由がないのならもういいか……と。なにをするでもなく畳に横たわり、過ぎる時間に身を任せた。

《十一》

「北白河先生、お疲れです？」

そう声をかけてきたのは、鼎が事務机にべったりと伏せているせいだろう。

「……うん。なんだか、忙しい半日でしたね」

のろのろと顔を上げて母親世代のベテラン看護師に答えると、「そうですねー」と笑って受付へと姿を消す。

久々に院長である恩師が診察室に入るということで、昔馴染みの患者……ほぼお年寄りが次々と押し掛けてきて、いつになく忙しかった。

落ち着いて夕食を取ることができるのは、医院を閉めてからになるけれど、腹が鳴ったら恥ずかしいので軽食を入れておきたい。

そのタイミングさえ計りかねている鼎をよそに、忙殺される原因となった院長は「ちょっと飯を食ってくる」と言い残して姿を消している。

十八時という中途半端な時刻だ。院長に逢うことを目的にやって来るお年寄りはもういないだろうが、この時間から訪れる患者は少なくない。部活帰りの学生だったり、会社帰りのサラリーマンだったり、もう少し遅い時間になれば近隣の飲食店から担ぎ込まれる酔客だったり……。

年度初めや年末年始といった会食の多い時期ではないことと、火曜日という週頭であることが幸いして、今夜はさほど面倒な患者が多くない……と思いたい。

「今のうちかな」

事務机の引き出しから固形の栄養補助バーを取り出してパッケージを破り、齧《かじ》りつく。水を飲んで胃の中で膨張させておけば、しばらくのあいだ腹が鳴るという無様な事態は避けられるだろう。

半分ほど残っているペットボトルのキャップを閉めたところで、悠長に外食をしていた院長が戻ってきた。

「お帰りなさい。……餃子《ギョーザ》とか食べていませんよね？」

ごそごそと白衣に袖を通している院長を振り向いて、どこで夕食を済ませてきたのだと目を細める。

鼎の恨みがましい視線を感じているはずなのに、院長は飄々《ひょうひょう》と答えた。

「安心しろ。ラーメンだ。天津麵《てんしんめん》を食いたかったのに、気に入っている中華の店が火曜は定休日だってことを忘れていた。予定外の味噌《みそ》ラーメンだったが、まぁまぁ美味《うま》かった」

「それはなによりです。俺は、栄養バーを齧ったただけですけど」

「ほぅ、宇宙食のようなやつか。何味だ？」

「……プルーンです」

「ほほー。ハイカラなものがあるもんだ」

味気ない軽食を嫌味混じりに伝えるつもりだったのに、微妙に矛先を逸らされて煙《けむ》に巻かれてしまった。この巧みな話術は、年の功だろうか。

もともと本気で腹を立てていたわけではない鼎は、苦笑しながら椅子を立って院長に席を譲った。

「あたたかいものを腹に入れたいんで、お茶かコーヒーを淹《い》れます。先生も飲みますよね」

「ああ。……そういや、うちの前に若いのが座り込んでいたな。急患かと思って声をかけたら、なんでもないです大丈夫ですと言い張って……そのくせ、動かんのはなんだろうな」

電気ポットを置いてある一画に向かいながら、「酔っ払いですか」と相槌《あいづち》を打つ。

コーヒーカップに一杯分ずつ個包装になっているインスタントコーヒーの粉を入れ、お湯を注いだ。

両手にコーヒーカップを持って診察室に戻り、事務机の端に置く。

「どうぞ」

「ありがとさん。いや、酔っ払いでもなさそうだったが……子供みたいにタオルを抱き込んで、ってうちのバスタオルと同じ色だったな」

コーヒーカップに手を伸ばしながらつぶやかれた言葉に、ピタリと動きを止める。白い診察台に敷いてあるバスタオルを横目で見ながら、院長に尋ねた。

「若いのって、二十歳そこそこの年齢でした？　背格好は？　四歳くらいの子供は一緒じゃありませんでしたか？」

夏芽が捨てていなければ、まだあの時のバスタオルを持っているはずだ。

矢継ぎ早に質問をぶつけたせいか、院長は怪訝そうな顔で椅子の脇に立っている鼎を見上げてきた。

「一人だったが……なんだ、心当たりがあるのか？」

「いえ……ないわけではないですけど、一人なら違う……か？　それに、時間が……でも、急に具合が悪くなったとかなら……」

曖昧で、奇妙な言い回しをしているという自覚はある。

もし、鼎の頭に思い浮かんだ人物……夏芽なら、遙希を伴っているはずだから一人ではない。

それに、保険証や診察券を持っていない夏芽は、医院に鼎だけになる診療時間外にやって来るはずだ。

ただ、金曜の夜の夏芽を思い出せば、これまでと違う行動をとっても不思議ではない。土日を共に過ごして、体調の回復を確認したが……また、具合が悪くなったのなら？

コーヒーカップを手にしたまま考え込んでいると、院長が鼎の手からコーヒーカップを取り上げた。

「零れそうだぞ。……適当に閉めるから、あとは俺に任せろ。ぼうっとしながら診察するくらいなら、帰れ。飯食って寝ろ」

事務机にコーヒーカップを二つ並べて置くと、鼎に向かってシッシッと犬を追い払うように手を振る。

「いえ、ですがまだ時間」

「ああ？　俺が一人じゃ不安だってか？　まだ耄碌《もうろく》しておらんぞ」

反論しかけた鼎を不機嫌そうな声で遮って、ジロリと眼光鋭く睨みつけてくる。鼎は慌てて背筋を伸ばし、頭を左右に振った。

「まさかっ、先生はまだまだお若いですし、俺より遙かに名医です。……あの、ではお言葉に甘えて」

「ふん。最初から素直にそう言っておけばいいんだ。こいつも俺が飲んでおく」

コーヒーカップを指差した院長に、いろんな意味を込めて「よろしくお願いします」と頭を下げて、診察室を出た。

幸い待合室には患者が誰もおらず、会話が漏れ聞こえていたらしい事務員と看護師にクスクスと笑われる。

「お疲れ様です」

「白衣、ロッカーに戻しておきましょうか」

年齢的にも医師としてのキャリア的にも、ベテランの二人から子供のように扱われることは仕方がないとわかっている。威厳不足なのは事実だし、偉そうに振る舞えるだけの実績もない。

情けない思いで「すみません。お願いします」と脱いだ白衣を看護師に手渡して、シューズボックスのある玄関に向かった。

「あとを頼みます」

靴を履き替えると、もう一度二人に軽く頭を下げて扉を出る。

院長の言っていた、「うちの前」とは……？

本格的に探すまでもなく、首を伸ばしただけでコンクリートの階段の一番下に座り込む人影が目に飛び込んできた。

背中を丸めた後ろ姿に、心臓がドクンと大きく脈打つ。

陽が落ち、ぼんやりとした光を放つ医院の看板と街灯のみが頼りだけれど、他の誰かと見間違えるわけがない。

「……夏芽」

「ッ！」

名前を呼びながら肩に手を置くと、声もなく、こちらが驚くような勢いで顔を上げて振り向いた。

膝の上で抱えるようにしているのは、院長が言っていた通り『うちのバスタオル』だ。

「どうかしたのか？　……遙希くんは？」

近くを見回しても、必ずセットでいるはずの遙希の姿がない。

鼎が「遙希は？」と尋ねた瞬間、夏芽が今にも泣き出しそうな頼りない表情を覗かせたことを見逃さなかった。

夏芽はすぐに顔を背けたけれど、一瞬の表情は目に焼きついている。

「また具合が悪くなった？」

首筋に手のひらを押し当てて熱を測ろうとすると、慌てたように払い除けられる。膝に乗せていたバスタオルを両手で摑むと、鼎に押しつけてきた。

「違うっ。なんでもない。……これ、返しに来ただけだから。長いあいだ借りっぱなしで、ごめん。あっ、ちゃんと洗ってあるからな」

早口でそう言いながら、腰かけていたコンクリートの階段から立ち上がる。

鼎に背中を向けると、肩を上下させて深呼吸をした。

「じゃあ、……さよなら」

小声でつぶやき、子供のようにバイバイと右手を振った夏芽を目にした瞬間、頭で考えるより先に足が出た。

ここで夏芽と別れてはならないと、頭の中に警鐘が響いたのだ。

夏芽の「さよなら」を許したら、また見失うのではないかと……根拠のない不安が一気に押し寄せて、鼎を突き動かす。

「待て、夏芽」

大股の数歩で追いつき、肩を摑む。

鼎を見上げた夏芽は、先ほど遙希の名前を出した際にチラリと見せたものと同じ……今にも泣きそうな、危うい表情で視線を泳がせた。

本人は、自分がどんな顔をしているのかわかっていないのだろう。身体を捻り、肩を摑む鼎の手を振り解《ほど》こうとする。

「なんだよ。もう用はない……っ」

「夏芽の用は終わったかもしれないが、俺の用はまだ終わっていない。……今日はもう院長に任せていいって言われたから、こっち……上に行こう」

肩にあった手を浮かせて、摑む場所を変える。右手首を握ると、夏芽は子供のように手を振って嫌がった。

「や……離せっ」

「離さない」

低い声で短く言い返し、夏芽の右手首を握る指に力を込める。

手首に食い込む指の痛みに負けたのか、鼎の纏う空気に圧《お》されたのか……夏芽は唇を噛んで、抗おうとする動きを止めた。

左手にバスタオルを持ち、右手で夏芽の手を引いて階段を上がる。

……なにがあった？

遙希はどうしているのだと疑問が喉元まで込み上げてきたけれど、落ち着いて話せる状況になってからだと自分に言い聞かせて、言葉を飲み込んだ。


テーブルの上に、ミネラルウォーターとほうじ茶をペットボトルのまま並べて置く。

「好きなほうをどうぞ」

身を硬くしてソファに座っている夏芽は、鼎が隣に腰を下ろすと膝に置いた手をかすかに震わせた。

チラリと横目で窺っても、まるで置物になったかのように動かない。

これはきっと、自分から話し出すことはないな……と待つことを諦めて、「夏芽」と呼びかけた。

「遙希くんは、一緒じゃないのか？」

あれほど大事にしていた遙希を、一人きりでアパートに残すようなことはしないだろう。火曜日は、アルバイトをしている先輩の中華料理店は定休日だと聞いたことがあるので、仕事中のようにそちらに預けているということもないはずだ。

鼎の質問に答えることなく、硬い表情で自分の膝を見詰めている夏芽の横顔を目に映す。急《せ》かす気はない。夏芽が言う気になるまで、いつまでも待つつもりでミネラルウォーターのペットボトルを開ける。

夏芽は姿勢を変えることなく黙りこくっていたけれど、沈黙に耐えられなくなったのかもしれない。

「っ……るき、は」

かすれた声で言いかけて、ケホッと小さく咳《せき》をする。ミネラルウォーターを差し出すと、一口だけ含んでテーブルに置き、淡々と語り始めた。

「遙希は、母親が迎えに来て……一緒に行った。もう心配ない。おれは、お役御免《やくごめん》だ」

「遙希くんの、母親？　それは……」

夏芽と乳児の遙希と……三人でいるところを覗き見た、小柄で綺麗な女性を思い浮かべて語尾を濁す。

遙希にとって母親という表現は間違いではないと思うが、夏芽からの距離を感じる言い回しではないだろうか。

鼎の困惑など知る由《よし》もない夏芽は、うつむき加減のままぽつりぽつりと言葉を続ける。

「もともと、手続きが終わるまで匿《かくま》ってただけなんだ。なんかよくわかんないけど、ガキも連れて海外に移り住むのって結構面倒なんだってさ。秋菜は、旦那《だんな》になる予定のカレシが護ってくれる。ただ、遙希が一緒だと身軽に動けないし……いろいろ危ないから、おれが預かってた。時間がかかるって聞いてたけど、思ったより早かった……いや、一ヶ月近くって、そこそこ時間がかかったのかな」

鼎に説明するために口にしているのではない、取り留めのない夏芽の台詞を、なんとか頭の中で整理しようとしたけれど……断念した。

鼎が理解できたのは、遙希の母親が『秋菜』という名前だということと、婚約をしている彼氏がいること、どうやら遙希を加えた三人で海外へ移り住もうとしているらしいということだけだ。

一連の登場人物に、夏芽はいない。

「なにが危ない？　なにから、匿って護っていた？」

夏芽の気に障《さわ》らないよう、静かに疑問を投げかける。

傍にいるのが、鼎だということさえ頭から追い出しているのでは……と疑いたくなるような無機質な声で、夏芽が答えた。

「遙希の父親、女や子供でも平気で蹴ったり殴ったりするクズで……ロクデナシなのに、秋菜はガキを産みたいって……。でもあんなヤツに、大事な姉ちゃんを任せられない。おれが、どんなことをしてでも秋菜と遙希を護るって決めたんだ。おれしか、護れない、って……思って、た」

一気に吐き出した夏芽は、鼎から見てもわかるほど激しく両手を震わせて言葉を途切れさせた。

咄嗟《とっさ》にその手を握り締めて、眉根を寄せる。

姉ちゃん、と。確かにそう言った。『秋菜』は、夏芽の姉……か。

遙希の父親という人物が夏芽曰《いわ》く「クズ」で、その男から身を隠して生活していたということでいいのだろうか。

「あ、秋菜スゲーよな。仲居のバイト中に、たまたまスイスから商談で日本に来てたイケメンエリートに一目惚《ひとめぼ》れされて、ガキごと愛するなんて……熱烈なアプローチをされたら、そりゃグラつく……」

「夏芽。わかった。一気にしゃべったら苦しいだろ。深呼吸して」

グッと言葉を呑《の》んだ夏芽の背中を軽く叩いて、深呼吸を促す。身体を震わせながら深く息をついた夏芽を、さり気なく腕の中に抱き寄せた。

冷静になろうとしているのに、夏芽の肩を抱く鼎の手もかすかに震えていた。

大まかにでも、夏芽を取り巻く状況が読めた……はずだ。

夏芽は、姉と甥《おい》を護るために、DV男からの逃走と身を潜める生活に協力していた。

その姉が運命的な出逢いを果たし、遙希を伴って海外へと嫁《とつ》ぐことになった。

移住に必要な手続きを行うあいだ、夏芽が遙希を保護していたけれど、準備が整ったことにより母親である姉が迎えに来た……。

「……ということで、いい？」

どうにか頭の中で整理して、答え合わせを兼ねて夏芽に確認する。鼎の問いに、夏芽は声もなくコクコクとうなずいた。

大きく息をつくと、空気と一緒に全身の力が抜けていくみたいだった。

記憶を一気に巻き戻して、すべての「どうして」に答えを出す。

五年前の夏芽は、理由をろくに口にせず、頑《かたく》なまでに鼎を振り払おうとした。

思い起こせば、鼎を切り捨てようとする夏芽のほうが苦しそうな顔をしていたのに……鼎は、自分のことでいっぱいいっぱいだった。

夏芽にとってあの頃の鼎は、頼れる存在ではなかった。

もし、相談されていたら……「俺が、全員なんとかする」と、非現実的な言葉を返していただろうと、想像がつく。そんな力などないのに、なんとかなるかもしれないと楽観的に言い放つくらいには、世間知らずな子供だったと思う。

あの頃の夏芽は、十八歳になるかどうか。鼎は、二十五歳。それなのに、夏芽のほうがずっと大人で現実が見えていた。

事実を一つも知らせず、足手纏いにしかならない自分を切り捨てようとするのは当然だ。五年目にして初めて知った夏芽の思い、決意に覚悟……すべての真実に打ちのめされて、自己嫌悪に眩暈がする。

でも今は、自己嫌悪や後悔に浸っている場合ではない。

なにより大事なのは、夏芽だ。

「夏芽。……頑張ったな」

抱き寄せた夏芽の頭をそっと撫で、愛しさを込めて髪に口づけをする。

夏芽の肩がピクッと震えた直後、勢いよく突き放された。

「なにがっ？　どこがだよっ。おれは、自分がそうしたかったから……存在意義が欲しかったから、秋菜と遙希を護るってデカい顔をしてたんだ。ただの自己満足だ！　だって、だから……もう好きにしろなんて放り出されたら、なにやっていいのかわかんな……っ。独りで、どうすればいい……のか、わかんないんだよっ」

ソファに拳を打ちつけ、喉の奥から絞り出すような声で吐き出した夏芽に、鼎は唇を噛んで両手を伸ばした。

「や、だ……っ、構うなっ。もっ……ッ、おれなんかっ、放っておけ……って。秋菜も遙希

も、もう大丈夫。おれなんか必要ない。それでいい、のに……」

「夏……夏芽っ」

拳を振り回して嫌がられながら、無理やり胸に抱き締める。

気が昂っているせいか、汗ばむほど熱い身体が愛しくて、このまま抱き潰してやろうかと思うほどの力で背中を抱く。

言いたいこと、言わなければならないことはいくらでもあるはずなのに、一つも言葉が出てこない。

夏芽が大切で、好きで、ここにいて欲しいのだと……どんな言葉で伝えたら、夏芽の心に届くのだろう。

もどかしい。心臓が握り締められているかのように、苦しい。

でも、黙っていてはダメだ。

伝えようとしなければ、伝わらない。プライドも遠慮も手放して告げるから、夏芽がどれだけ大切なのか知ってほしい。

「独りじゃない。俺がいる……俺といてくれ。夏芽も知ってるだろうけど、俺は遥希くんと同じくらい手がかかるだろう？」

「な、に言ってんの？　カナエは、すっかり大人で……あのころと違って、もう、おれの助けなんか必要ない」

鼎の腕から逃れようと全身に力を込めて身を捩り、全力で拒絶しようとする夏芽に「違う」と縋りつく。

どれほど拒まれても、この手を離すつもりはない。もう二度と、夏芽にさよならは言わせない。

「夏芽がいないとダメなんだ」

五年前も、同じように離別を嫌がって夏芽に手を伸ばそうとした。

けれど、『おれのことが本当に好きだって言うなら、おれのために解放してくれよ』という反論不能な言葉でその手を拒まれて、絶望して引き下がった。

あの時は、そうすることが夏芽のためになるのだと自分に言い聞かせて、無理やり納得させた。

本当は、夏芽でなければ誰でも同じだと、自暴自棄になるほど打ちのめされていたくせに……。

でも、もう同じ轍《てつ》は踏まない。夏芽のためならと手を引くのではなく、今の選択を後悔させない未来を作る。

この手を取ってよかったのだと思ってもらえるように、想いを押しつけるのではなく夏芽に寄り添いたい。

「夏芽。独りだなんて、二度と言わせないから……」

強く抱き、この腕に身を預けてくれるよう懇願する。

独りぼっちだと寂しがる夏芽につけ込む、卑怯者だと言われてもいい。

抱き締めた腕の中で、少しずつ夏芽の動きが鈍くなる。

抗うばかりだった手が、躊躇いを残しつつ鼎の背中に回されて……想いが伝わったかと安堵しかけた直後、肩に拳を打ちつけられた。

「おれの、じゃな……い。おれに、そんなこと言っていいのかよ。結婚してるくせにっ。一番大事な人がいるんだろっ！　誰かの次で……それならおれは、やっぱり独りだ」

繰り返し肩を殴られるけれど、夏芽の拳にはほとんど力が入っていないので痛くはない。

それよりも、夏芽に投げつけられた言葉に唖然《あぜん》とした。

結婚しているくせに？

どうして夏芽が、そんなことを知っている……？

「なんか、言えよっ」

「ちょ、と待って。確かに俺は結婚したけど、それは」

「っぱり、そうなんだ！　もうヤダ。ッ……く、っ……っ、ぅ」

かすれた声で「もうヤダ」と零した夏芽は、鼎が着ているシャツの胸元をギュッと握り締め、肩に額を押しつけて小刻みに身体を震わせる。

夏芽の意思を尊重したくて耐えていたけれど、もう限界だった。

「……夏芽」

「や……」

強引に顔を上げさせて、唇を重ねる。目尻《めじり》を濡《ぬ》らす涙を見なかった振りをして、口づけを深くした。

吐息も、口腔《こうこう》の粘膜も、逃げる舌も……熱い。

逃げる気力もなくなったのか、夏芽は小さく身体を震わせて鼎の腕に全身を預けてきた。

どんな言葉なら、夏芽に愛しさが伝わるのだろう。触れたところから、想いを一つ残さず注ぎ込むことができればいいのに……。

「嫌、だ。馬鹿、……カナエ」

「うん。俺は大馬鹿者だ。……夏芽に、言わなければならないことがある」

夏芽の背中を抱いて静かに告げると、ギクリと肩を強張らせるのがわかった。

夏芽が逃げたがっていることはわかっていたけれど、抱き寄せた腕から力を抜くことなく隠しておけないことを白状した。

《十二》

ついに、ぶつけてしまった。

結婚しているくせに……と。自分勝手に鼎を切り捨てた夏芽には、そんなふうに責める権利などない。

口に出すつもりなどなかったのに、特別な存在がいながら「独りじゃない」「俺がいる」と夏芽を抱き締めて嬉しがらせる鼎に、耐えられなくなってしまった。

鼎に甘えてはいけない。弱い姿を見せてはならない。大きな手に安堵しても、これは自分のためのものではない。

そう言い聞かせて、鼎との距離を詰めすぎないよう自制していた。

なにより、鼎の本心が見えないことが怖かった。

伸ばされた手を冷たく振り払ったのだから、夏芽を恨んでいるだろうと思ったこともあったが、触れる手はあたたかくて遙希に対しても優しい。

嫌いになって「さよなら」を言い出したわけではない。だから、鼎に再び心が預いていこうとするのを必死で引き留めた。

鼎には、最優先するべき相手がいるだろうと……鼎のすべてを浅ましく求めようとする自分の後ろ首を摑み、踏み出すことがないようその場に縛りつけていた。

それなのに、孤独に耐えられなくなって鼎に八つ当たりをする自分は、ただ無様だ。

口に出した言葉を取り消す術《すべ》はなくて、「夏芽に、言わなければならないことがある」と前置きをした鼎がなにを言い出すのか、身を硬くして待ち構える。

鼎は夏芽の身体を両腕に抱いたまま、小さく息をついて語り始めた。

「夏芽がどうして知っているのか、今はどうでもいいか。……四年くらい前に、一度結婚した」

感情を窺うことのできない落ち着いた静かな声で告げられて、やはりそうなのかと胸の奥に鈍い痛みが走る。

相槌を打つこともできなかったけれど、夏芽からの返事は必要ないのか、鼎が続きを口にする。

「実家の病院が懇意にしている、医療機器メーカーのお嬢さんで……外堀を埋められた上での政略結婚だ。夏芽にフラれて自暴自棄になっていたこともあって、夏芽じゃないなら誰でもいいと……」

一度も世話になったことはないが、夏芽でも知っている『北白河』の名前を冠した大きな病院は、あの土地を離れて五年が経つ今も思い浮かべることができる。懇意にしている医療機器メーカーの……ということは、鼎の一存で拒めない相手だったのだろうという想像もついた。

夏芽の肩から少しだけ力が抜けたことに、鼎は気づいているのかどうか……言いづらそうに、ぽつぽつと続けた。

「新婚旅行の夜、恋愛感情が皆無な相手を、義務感で抱くことはできそうになくて……情けないけど、アルコールの力を借りようとワインをがぶ飲みした。結果、見事に酔い潰れて、彼女が言うには……隠していた本音をだだ漏れにしたらしい」

「隠していた本音？」

酔い潰れて吐き出す本音は、夏芽の経験上ではロクなものがない。鼎が漏らした本音とは、どんなものなのか予想もつかなくて、その先を待つ。

しばらく黙り込んでいた鼎は、大きく息を吐き出すと、苦いものをたっぷりと含んだ声で捲し立てる。

「夏芽、愛してる。俺のところに戻ってきてくれ。夏芽がいないとダメなんだ。お願いだから捨てないで。好きだ、好きだ好きだ、夏芽……夏芽」

「な……っ」

一気に吐き出しながら強く背中を抱かれて、カーッと首から上が熱くなる。狼狽《ろうばい》のあまり、言葉もなく視線を泳がせた。

なんだ、それ。

まさか、本当にそれを、新婚旅行の夜に新妻に向けて吐き出したのか？

絶句する夏芽の身体から、完全に力が抜けたことがわかったのだろう。逃げ出せないように、強く抱き締められていた鼎の腕が離れていく。

「…………」

言葉もなくチラリと視線を向けたと同時に、鼎と目が合う。どこかに触れていなければ不安だと言わんばかりに、鼎の手に指先を握られた。

夏芽は、自分がどんな顔をしているのかわからないが……鼎は、開き直ったかのようにふっと笑って続きを口にした。

「メチャクチャだろ。結婚生活は三日で破綻だ。事の顚末《てんまつ》を聞いた母親は号泣するし、父親は顔に泥を塗られたと激怒して勘当だと言い出すし、当然、実家の病院に勤めることなんかできなくて……たまたま、ここの医院の後継《こうけい》を探していた恩師に誘われた。実家は俺より適性のある優秀な妹が引き継いでくれそうだから、渡りに船ってやつかな。ここは居心地が良くて……恩師の誘いを受けてよかったと心の底から思ってる。なにより、ここにいたからこそ夏芽とまた逢うことができた」

嘘《うそ》だろうと、鼎の告白を否定できない。淡々と語られるそれは、静かな口調だからこそ事実なのだろうと思える。

予想もしていなかったことを次々と聞かされて、混乱する。

なにを、どう言えばいいのか迷い……鼎から視線を逸らした夏芽の口から零れたのは、鼎と再会して以来、一番心に引っかかっていたことだった。

「じゃあ、奥さんは……」

「存在しない。……戸籍に痕跡があるのは、ごめん」

自嘲の笑みを浮かべて、夏芽の手を握る指にギュッと力を込める。格好悪いだろ、と小さく続けられた言葉に、無言で首を横に振った。

過去のこととして語られると、ずいぶんと呆気《あっけ》ない事の次第だ。でも、両親だけでなく相手の家族や、仕事の絡みまで含めた鼎の環境を考えると、当時はきっと俗に言う『修羅場』が繰り広げられたに違いない。

それらを乗り越え、新たな居場所を見つけて自立している鼎は、どこからどう見ても落ち着いた大人の男だ。

ただひたすら『育ちのいいお坊《ぼっ》ちゃん』という印象だった五年前より、遙かに大人びた雰囲気を纏う理由は、年齢を重ねたことだけが理由ではなかったのだろう。

「馬鹿は、おれ……か。なんか、おれだけ五年前から変わってなかったみたいだ」

秋菜のため、遙希のため……と、大義名分を振りかざして『誰か』に依存していたのは夏芽のほうだ。

その証拠に、これからは好きにしろと放り出されてしまうと、どうすればいいのかわからなくなって途方に暮れている。

自分だけが頑張っているつもりで、必死に虚勢を張って……その結果破綻しているのだから、見苦しいとしか言いようがない。

「あんな、酷《ひど》い別れ方で鼎を切り捨てて……メチャクチャに傷つけて、結果的に家族とも断絶する原因を作ったんだよな」

うつむいて、ぼそぼそとつぶやく。

夏芽に出逢わなければ、鼎はなに一つ不自由なく、安穏とした人生を送っていけるはずだった。

こうして小さな医院で、少しくたびれた白衣を身に着けることもなかったはずだ。

「それは違う。夏芽のせいじゃない」

「おれが引っ掻き回したのは、間違いないだろ！」

静かな口調できっぱりと断言されても、笑って「それならいいけどさ」と流せるわけがない。

神経が昂り、小刻みに拳を震わせる夏芽の手を握り、鼎は揺らぐことのない口調で言い聞かせてくる。

「夏芽にさよならを言われたことがきっかけにはなったけど、それをマイナスだとは思っていない。俺は、夏芽にも言われた通り世間知らずなお坊ちゃんで……情けないことに、大学を出てまで親の言いなりだった。代わり映えしない風景の中を、決められた速度で真っ直ぐ走ればいいいんだと思ってた。敷かれたレールの上を走るのは、楽だからね」

皮肉を含んだものの言い方をする鼎は、夏芽が閉じ込めていた記憶の中にはいない。

夏芽の知らない年月を重ねて辿り着いた、今の鼎だ。

なにも言えないでいる夏芽に、鼎は「でも」と穏やかに笑った。

「夏芽に逢って、世界が広がったんだ。レールなんかなくても、走っていける。自分で切り開くことができるのは、幸せなんだ。どこにもしがらみのない今の医院も……町医者の自分も気に入っているから、否定されたら悲しいかな」

「否定、なんか……できない」

夏芽が、五年かけて自ら築き上げた今の鼎を、否定などできるわけがない。

うつむいて硬い口調で答えると、右手を握られたまま左手で前髪を掻き上げられた。

額に押し当てた大きな手に、顔を上げるよう促される。

「もう、お坊ちゃんだなんて間違っても言えない……三十路になった俺は、格好悪い？」

夏芽の顔を覗き込み、強制的に視線を絡ませて尋ねてくる鼎は……言葉ほど不安そうな表情ではなかった。

今の自分に対する、自信を感じさせる。

「……その聞き方、ズルいだろ。……お坊ちゃんって感じが抜けて大人の顔してんのも、別に格好悪くはない」

夏芽の答えなどわかっているとばかりの顔をしている鼎に、すんなり答えるのはなんとなく悔しくて、わざと回りくどく「格好悪くない」と返す。

無言で目をしばたたかせた鼎は、数秒の間を置いて……夏芽の複雑な心情などお見通しとばかりに笑った。

「本当に？　嬉しいな。今の俺は、夏芽が全身でもたれ掛かってきても足元をグラつかせない自信があるよ」

そう言いながら肩に手を回して、抱き寄せられる。

遠慮を手放すことはできず、身体を硬くしてぼそぼそと言い返した。

「……馬鹿だろ、カナエ。せっかく変わって……大人になったのに。おれなんかに、また引っかかって……」

「また？　それは違うな。俺は、途切れることなくずっと夏芽を想っていた。夏芽を好きだって心は、変わってないよ。どうすれば信じてくれる？　好きだって、声が嗄《か》れるまで繰り返そうか？」

夏芽は、『また』と言ったのに、鼎は自分の中では一度も途切れていなかったと答える。

わざと傷つける言い方をして、自分のことなどなかったことにすればいいのだと鼎を振り払った。

それなのに、あの頃から変わらないのだと一途な想いを伝えられて唇を震わせる。

「この手を離さない。もう……二度と、夏芽にさよならを言わせたくない。夏芽は？　夏芽がいないとダメになる俺のために、傍にいてくれないか？」

鼎にこうして懇願される、それほどの価値が自分にあるのだろうか。

返答に躊躇っていると、肩を抱く手に力が込められた。

「夏芽、まだ俺に本当のことを言えない？　頼りないか？　一人で抱え込もうとするのは夏芽の癖っていうか……その矜持《プライド》があったからこそ乗り越えられたこともあるのだと、わかっている。でも俺は、夏芽の本心を知りたい」

どんなものでも、ぶつけてくれ……と頭を抱き寄せられ、震える息をついた。

身を寄せた鼎の肩は、あたたかい。

夏芽が寄りかかっても、ビクともしなくて……握り締めていた拳を解くと、鼎の着ているシャツの裾をそっと摑んだ。

「おれ、は……あの頃、どれか手放さなければならないなら、カナエだと、ほとんど迷うこともなく決めた。好きだなんて言われても、信じられなかった。だって、なにもかも違う。おれのことなんか、いつか邪魔になるだろって……そう思ってた」

秋菜と生まれてくる子と、鼎。すべてを抱える自信はなかった。

鼎にとって、自分はいつか必ず足枷になる。負担になり、鼎が夏芽の処遇に困る前にこちらから切り捨てたほうがいいと、傲慢で勝手な考えで鼎を突き放した。

「……子供みたいに、好きだ、好きだと繰り返すばかりだったから、仕方ないかな」

鼎は、夏芽を責めるでも恨み言をぶつけるでもなく、ただ静かに悔いて自嘲の笑みを浮かべる。

あの頃の鼎に、事情を話そうと思えなかったのは確かで、曖昧にうなずく。

「ん……カナエと一緒にいるのは楽しくて、嫌いじゃなかった。でも……なんか、現実的な感じが全然しなかったんだ」

自分とは、生まれ育ちもこの先の未来も、なにもかも違う。

そんな鼎と過ごす時間は心地よかったけれど、おとぎ話の世界に紛れ込んだような違和感が常に纏わりついていた。

ふわふわとした世界に、いつまでも浸っていられなくて……。

「おれは、カナエを切り捨てても平気だって、自分に言い聞かせてた。いつかまた、カナエじゃない誰かを好きになれる。でも、家族は失ったら二度と取り戻すことができないから……って、秋菜と腹の中の子を選んだ。そのはずだったのに……カナエより好きになれる人間なんて、いなかった」

男も、女も……鼎でなければ、指先で触れる気にもならなかった。

人を好きにならなくても生きていけると、そう自分に言い聞かせて、心を添わせることのできる相手を二度と得られないかもしれない淋《さび》しさに気づかないふりをしていた。

それなのに、五年ぶりに鼎と顔を合わせた瞬間、消えてなくなったのではないかと思っていた感情が一気に湧き出てきた。

傍にいるだけで心臓が鼓動を速くして、目が合うと胸の奥が苦しくなる。指先が触れただけで、全身が熱くなった。

ついに本音を吐露した夏芽をどう思ったのか、肩を抱く鼎の手に力が入る。

自分勝手この上ない言い分を聞かされたのだから、さすがに不快感を覚えて眉を顰めているのでは。

「ごめ……」

消え入りそうな声で口にしかけた謝罪は、不意に唇に触れたやんわりとしたぬくもりに遮られる。

夏芽と視線を絡ませた鼎は、どことなく淋し気な笑みを浮かべて口にした。

「過去への謝罪より、今の気持ちを聞かせてほしい。答えてくれ。俺は夏芽が好きだよ。夏芽は……？」

いい……のだろうか。今更、鼎のことを好きだと告げても許してくれる？

真っ直ぐに夏芽を見詰める鼎の瞳に、不安そうな色がゆらゆらしているのが見えて、心を決めた。

「……き、だ。好きだ、カナエ。おれも、ずっと好き……」

他にどう言えばいいのかわからなくて、たどたどしく「好き」を繰り返す。

好きの一言では、伝えきれない。けれど、どんな言葉で装飾してもなにかが違う。

もどかしさのあまり唇を噛んだ夏芽に、鼎は心の底から嬉しそうに笑った。

「ありがとう。やっと、夏芽に好きだと言ってもらえた」

ありがとうなんて、言うな……と夏芽が言い返す前に、再び唇を重ねてきた。互いの体温を馴染ませるかのようにそっと触れて、遠慮がちに舌先でノックしてくる。

心臓が、ドクドクと激しく脈動している。息苦しいくらいなのに、もっと鼎に触れたい……触れてほしいという欲求が湧いてくる。

「ン、ぁ……カナ、エ」

鼎が口づけを解こうとしたのがわかったから、反射的に背中を抱いて、離れるなと訴えた。

嫌だ。離れたくない。もっとくっつきたいと、どう言葉にすればいいのかわからない熱い塊が身体の奥からせり上がってくる。

「カナエ、カナ……エ。おれ、っ……」

うまく言葉にできなくて、無我夢中で広い背中に抱きつく。

鼎もなにも言うことなく、夏芽の身体を両腕で強く抱いた。

あたたかい。鼎の動悸と夏芽の動悸が共鳴して、二重奏を奏でているみたいだ。

「夏芽の淋しさにつけ込むのは、卑怯だ……ってわかってるけど、離せない」

激情を抑えるかのような、低いつぶやきが耳に流れ込んできた。

薄いシャツ越しに感じる鼎の身体が熱くて、密着した夏芽まで釣られるように吐息が熱を帯びる。

「つけ込めば？　おれのほうがズルいから、カナエに強引に流されたせいで逃げられない、って言い訳ができるのを……待ってる」

鼎の背中に回した手で、シャツを握り締める。

ビクッと鼎の身体が震えて、抑えた声が脅しをかけてくる。

「……際限なく調子に乗るぞ」

「望むところだ、って言ってんだろ」

優しい手で肩を撫でながら脅されたところで、まったく怖くないし引こうという気にならない。

ふ……と唇に微笑を浮かべた夏芽は、鼎の髪を両手で掻き乱して耳元に唇を押しつけた。

意外なほど大胆かと思えば、ギリギリのところで遠慮する。強引なようでいて、夏芽の意思を無視して我欲を押し通そうとはしない。

変わっていない……と頭に思い浮かんだ瞬間、何故か鼻の奥がツンと痛くなって、顔を隠すために強く鼎に抱きついた。

ベッドに腰を下ろした直後、鼎の手が伸びてきた。シャツに、デニムパンツに、靴下……下着も、抗う間もなく手際よく服を剝《は》ぎ取られる。

「なんか……っ変な、感じ。おれはここで何回も寝たのに、本来の主である鼎がいるの……初めて目にする、かも。何回もソファで寝させて、ごめん」

身を隠すもののない状態で鼎とベッドにいることが落ち着かなくて、そわそわと視線を泳がせながらどうでもいい話を振る。

夏芽とは対照的に落ち着いた様子でシャツを脱ぎ捨てた鼎は、小さく笑って予想外の台詞を返してきた。

「わざと距離を置いてたんだ。俺のベッドに夏芽がいるところを目にしたら、遙希くんがいてもお構いなしに、うっかり手を出しそうだったからな」

「な……っ」

カッと顔が熱くなり、おまえってそんなキャラだったか？　と言いかけた言葉をキスで封じられた。

すぐさま舌を潜り込ませ、ゆるりと夏芽の舌に絡みついてきた。

「ん、ぅ……ぁ」

余裕がない仕草のようでいて、夏芽が余計なことを考える間を与えないように、という意図を感じる。

舌を絡みつかせながら、大きな手が素肌を撫でる。手のひらも指先も熱くて、初めて触れられたわけでもないのに際限なく動悸が激しさを増す。

焦って、夏芽を怖がらせないように……という気遣いは伝わってくるけれど、手首を握ったり肩を摑んだりする手の力は強い。

グッと太腿を摑まれて小さく「ぃて」と零した瞬間、それが聞こえたのかパッと鼎の手が離される。

「ごめん、夏芽。大人ぶって、格好つけたいのに……余裕がない。乱暴だったら、殴って止めてくれ」

「……止めねーよ。おれは簡単にぶっ壊れないから、手加減しなくていい」

微妙に目を逸らす鼎の手を摑み、好きなように触ればいい……と臍《へそ》のあたりに押しつける。

ビクッと手を震わせた鼎は、唸るように「知らないからな」と零して夏芽の膝を鷲摑《わしづか》みにした。

「ぅわ、ッ……っぁ」

膝を割り開かれて、閉じられないように鼎の脚を挟み込まされる。膝にあった手が腿の内側を撫で上げると、当然のように脚のあいだへ押しつけられた。

鼎の指を感じたと同時に、腿の筋肉がピクリと緊張する。ほんの少し触れられただけなのに、そこに熱が集まりかけていたことを知られてしまう。

そのことに対する羞恥で視線を泳がせたけれど、鼎は無言で指に力を込めて、本格的に熱を煽り立てようとする。

「ッ、ン……あ！」

「数えきれないくらい、夢の中で夏芽に触れた。まるで昨日もこうして抱いたように、五年前の夏芽を思い浮かべることができるのに……本物は、違うな」

「と、年、食ったろ。五年分、男くさくな……った」

肉体労働を中心にしていた時期もあったから、腕や足も中性的な細さだった十代の頃とは違う。

過去との落差に幻滅されないかと、今更ながら不安が込み上げてきて、鼎の目に裸体をさらしていることが怖くなってきた。

無意識に身体を丸めて鼎の目から隠そうとしたけれど、「ダメだ」と肩を押さえつけられる。

「夏芽は、昔も今も綺麗だよ。引き締まった筋肉に覆われた長い手足は、しなやかで……生命力の塊みたいだ。想像なんかより、ずっと情動を掻き立てられる。カラダで診療費を払うと言われた時は、夏芽の身体だけを手に入れたいわけじゃないからと……強烈な誘惑に負けないよう必死で自制した。まぁ、キスは……見逃してもらえるとありがたい」

「こんなので、その気になるのか？」

「……なるよ」

眉を顰めた鼎が、証拠とばかりに下腹部を密着させてくる。

硬い感触はどれだけ言葉で語られるよりも説得力のある物証で、腹筋を震わせてコクンと喉を鳴らした。

どうしよう。鼎に欲しがられているという歓喜に、ドクドクと心臓が脈動を速め……もっと求められたいと、際限なく欲深くなる。

互いの熱をこれ以上ない近さで重ね合わせる、その術を知っているから、我慢できない。

「じゃあ、変な気を遣わずに寄越せよ。あれから、誰ともしてない……カナエに抱かれたのが最後で、カナエしか知らないから、つまんないかも……だけど。ごめん」

ぎこちないことの言い訳をする夏芽に、鼎は深く息をついて背中を屈《かが》めて肩口に額を押しつけてきた。

「ッ……夏芽、それ……わざとじゃないなら、尚更タチ悪い。焦らないようにしてたのに……ことごとく俺の努力を破壊して」

そろりと抱いた背中が、熱い。持て余すほどの欲情を向けられているのだと思った途端、ますます鼓動が跳ね上がる。

「おれが、カナエを欲しがってんだから……抑える意味なんか、ないだろ」

背中を撫で下ろして、腰のところで手を止める。

うまく力の入らない指でなんとかスラックスのフロントを開いて手を差し込んだ瞬間、強い力で手首を握られた。

「ごめ……っ理性が切れるから、あんまり煽んないで」

「ぇ……ぅ、わっ、ぁ……ぁ、ッ」

少し手荒に身体を反転させられて、シーツに顔を埋《うず》めた。腹の下にピローを突っ込まれたかと思うと、指が双丘の狭間に潜り込んでくる。

反射的に身体を硬くしたけれど、ほとんど抵抗なく長い指を含まされた。

「な、に……なん、か」

「ただの白色ワセリンだから、怖がらなくていい。専用のもののほうがいいんだろうけど、あいにく持ち合わせがなくて……次は用意しておく」

「ゃ、それ……は、ッ……次って、ぅ……ん」

鼎の言葉に、どんな反応をすればいいのかわからなくて、しどろもどろに零すと曖昧にうなずく。

夏芽が狼狽していることは伝わっているはずなのに、鼎はマイペースに事を進めた。長い指を抜き差しされる異物感にようやく馴染んだかと思えば、指の数が増やされてビクッと肩に力が入る。

「もう、い……いい、から。さっさと、やれ……って」

「間違っても、夏芽を傷つけたくないから……もう少し」

ぬめりを足して二本の指を挿入されて、声もなく身体を震わせた。

息が熱い。耳の奥で響く心臓の音が、うるさい。鼎の指にじっくりと粘膜を探られて、じわじわと熱が高まる。

「っは……ぁ、ゃ、ダメ……だ、ゃだ、カナエ……ッ！」

深く息をついたと同時に、ゾクゾクと背筋を悪寒に似たものが這い上がり、慌てて身体を捩った。

身を硬くしていた夏芽が急に動いたことに驚いたのか、鼎が手を引いて顔を覗き込んでくる。

「痛かったか？」

「ち、が……逆だっ、バカ。指より、カナエがいい。顔、見えないのも……嫌だ」

荒く息をつきながら、窮状を訴える。心配そうに表情を曇らせた鼎を睨みつける夏芽の顔は、真っ赤になっているはずだ。

夏芽の言葉で、ようやく現状を悟ったらしい。眉根を寄せていた鼎は、ホッとした顔で肩を上下させる。

「……カナエは、やらなくていいのか？　やっぱりおれじゃ、その気にならな……」

「まさか。格好つけてるけど、ギリギリ……限界」

低く口にした鼎は、顔が見えないのは嫌だと言った夏芽の気持ちを汲《く》んでか、割り開いた膝のあいだに身体を入れてくる。

「体勢的には、さっきのほうが楽だと思うけど……」

「カナエを抱けるほうがいい」

両手を伸ばして、鼎の肩に手をかける。鼎は無言でうなずくと、ジリジリしながら待ち望んでいた熱を、ようやくぶつけてくれた。

熱い……と感じたけれど、すぐに圧迫感が勝って感覚が鈍くなる。

堪らなく苦しいのに、薄く目を開けて見上げた鼎が、熱っぽい眼差しで夏芽を見据えているから……大きく息をついてその肩に抱きついた。

「ッ、も……はいっ、た？」

「ん……あと少し。ッ、夏芽……熱い」

熱いのは、鼎のほうだと……言い返せない。声が出ない代わりに、忙しない吐息を漏らして背中に縋りつく。

身体の奥に感じる脈動も、密着した胸元から伝わってくる鼓動も、夏芽の肌をくすぐる吐息も……触れるものすべてが熱くて、燃えるようだ。

知っているはずなのに、なにかが違う。

初めて、鼎の腕に抱かれているみたいだった。

「なんで、カナエがいなくても生きていける……て、思えた……っだろ。大事なものに、無理やり順番をつけ……って、カナエを手放せる、なんて……バカだ」

こうして体温を感じると、思い知らされる。

夏芽には、鼎が必要なのだ。それなのに、ずっと……もう忘れた、過去のことだと自分に嘘をついていた。

「俺が、もう二度と離さないから心配しなくていい。夏芽。……夏芽、夏芽。好きだ。やっと、この手に抱けた」

「っ、おれ……も、好き。カナエ……好きだ。好き……」

あの頃は、冗談に紛れさせなければ言えなかった『好き』を繰り返す。鼎は一瞬泣きそうな顔をして、夏芽の身体を強く抱き締めた。

「ごめ……ッ、無茶苦茶に、しそう、だ」

手加減なく想いをぶつけてくる鼎が、嬉しくて……愛しくて、強く背中に縋りつく。

頭の中が白く染まり、なにも考えられなくなる。

夏芽、と名前を読んで「好きだよ」と告げる鼎の声だけが、夏芽を現実に縫い留めているようだ。

「ッ、夏芽……」

「あ、ぁ……ッ、ゃ、このま、ま……カナエ」

息を詰めた鼎が身体を引こうとしたのがわかったから、背中にしがみついて離れるなと訴えた。

鼎が、夏芽を気遣ってくれているのはわかる。欲張りだと思うけれど、鼎が全部欲しい。夏芽は、とっくに鼎のものなのだから……。

「あっ、ん……ぁ、ぁ!」

「ッ、ぁ、夏……芽」

目の前にチカチカと光が散った瞬間、鼎の背中に爪を立てて引っ掻いてしまったかもしれないけれど、それもどうなのかわからなくて……。

最後まで鼎が身体を離さなかったことに、満足の微笑を浮かべて忙しない息を繰り返した。

「は……っ、ッ。はぁ……夏芽? 疲れた? 寝ちゃっても、いいよ。バスルームに連れて行って、綺麗にしておくから」

大きく息を吐き出した鼎が、熱の余韻が漂うかすれた声でそう言いながら、汗で額に張り付く前髪をそっと指先で払う。

まだ肌がビリビリしているみたいで、指が触れただけなのに身体を震わせてしまう。

「う……ん」

ぼんやりと鼎を見上げた夏芽は、頭を揺らして、曖昧に答えて……目を閉じた。

□□□

「んー……重」

腹の上に、なにかが乗っている。

寝返りを打った弾みに、ぼんやりと目を開く。一番に視界に飛び込んできたのは、瞼を閉じていても凜々しく端整な男の顔だった。

「……カナ、エ」

腹の上にあるものは、鼎の腕……か。

そう思ったと同時に、眠りに落ちる前の記憶が一気に押し寄せてきた。身体はだるくて手足が鉛のように重いのに、頭の中はやけにクリアだ。

鼎に縋りついて、泣いて、好きだと譫言《うわごと》のように繰り返して……。

どんな痴態をさらしたのか、いっそ忘れていればよかった。

ふっと息をつくと、鼎が睫毛を震わせて瞼を開いた。

「夏芽？　おはよ。ちょっと暴走して、無理をさせたけど……身体は大丈夫か？　どこも痛くない？」

「うん。……たぶん」

あちこち重くて、感覚が鈍いせいでよくわからない。でも、もともと丈夫なので、どこもなんともないだろう。

夏芽の髪に触れた鼎が、至福の笑みを浮かべるから……ますます恥ずかしくなる。

「何時……って、九時か。朝の？　だよな」

窓の外が明るい。鼎の部屋に入ったのは、夕方……夜の始めだったので、翌朝の九時だろう。

「バイト……行かないと」

中華料理店の昼の営業は、十一時半からだ。その前に行って、店の掃除や開店準備を手伝わなければならない。

ベッドに寝転がったまま四肢を伸ばすと、目が覚めた直後よりは身体が軽くなっていた。

「夏芽。取り急ぎ……ここに引っ越してこないか？」

唐突な一言に、ムッと眉を顰めた。

確かに、鼎の住居は広い。夏芽が勝手に想像していたセカンドハウスではないのなら、一人では持て余すだけの空間がある。

でも、喜んで「ハイ」とは答えられない。

「なんだよ。独りだろって、憐れんでくれてんの？　それとも、家賃払うのが……」

「違う。俺が、夏芽の傍にいたいんだ。一緒にいさせてくれないか」

微笑した鼎は、主語を自分に置き換えることで夏芽の意地やプライドを隅へと追いやる。

それでも即答できずにいると、夏芽の手を取って一本ずつ指を絡ませながら勝手な計画を語り始める。

「先輩のところのアルバイトも、いつまでも続けるつもりじゃないだろう？　そうだな……うちの医療事務を任せている女性は頼れるベテランだけど、いずれ地方に住む娘さんのところに移り住む予定らしいんだ。夏芽が後任に就いてくれれば、安心だな」

「なんだよ、それ。カナエのところに、永久就職しろって？」

非現実的な提案に眉を顰めた夏芽は、わざと皮肉な言い回しをした……つもりだった。それなのに、鼎はあっさりとうなずき返す。

「そう。プロポーズのつもりだけど……嫌？」

「嫌っていうか、無理。おれ、高校も出てないバカだし。だいたい、身元不詳の不審人物なんだから、ここの院長ってのが許さないだろ」

「身元不詳だなんて、そんな言い方」

咎める口調で夏芽に反論しかけた鼎に、「そうなんだって！」と短く吐き捨てる。

言わないほうがいいかもしれないと迷い、隠しているのは卑怯だろうと自分の背中を押した。

「……おれさ、刑務所で生まれたんだってさ。父親はわかんない。乳児院で三つまで育って、出所した母親に引き取られて……ばあちゃんに育てられていた秋菜と、合流した。でも、半年もたたないうちに母親はふらりと姿を消して、十三までは、ばあちゃんが育ててくれた。ばあちゃんが死んでからは、秋菜が夜の店で働いて二人で生活して……カナエには想像もつかない生まれ育ちだろ。生まれた時から、普通じゃない……って、鼎に釣り合わない」

鼎の顔を見ることはできなくて、話しながら目を逸らす。

普通ではないと、子供の頃から自覚していた。

それでも、夜遊びの相手は生まれ育ちなど関係なく、気が合えば問題なくて……いつか家庭を築こうとする時に枷になるだろうと気づいたのは、秋菜が遙希を身籠った時だった。

秋菜と夏芽の父親は、異なる。遙希の戸籍には父親の名前がない。普通ではないというだけで、遙希の人生は険しいかもしれないと思い……秋菜と二人で、申し訳なさに涙ぐんだ。

幸い秋菜と遙希は、それでもいいと……家族となってくれる人に出逢うことができた。

でも、夏芽は、鼎の人生にこれ以上侵食してはならないのでは……。

「釣り合う？　って、なんだろう。俺は、繁華街の外れにある小さな医院の医者で……パートナーが医療事務員だなんて、最高の組み合わせだと思わないか？」

真顔でそう口にする鼎は、夏芽が語った出生の事情をまったく気にする様子がない。

本気で最高だと悦に入っているようで……焦りが募る。

「でも、おれなんかがそんなの」

「夏芽は、二十二……三か？　これから、なんでもできる年だろ。四十や五十で起業する人もいるんだから、その気さえあれば、なにかを始めるのに遅いことなんかない。それとも無理だって、最初から諦めるか？」

諦める……のは、嫌だ。

確かに、できないと決めつけてしまったら、そこでなにもかも行き止まりになる。

「…………」

迷い、白い天井を睨みつける。

大手を振って、鼎の傍にいるための手段がある。そんな未来など、考えたこともなかった。

「夏芽は、どうしたい？　夏芽が望むなら、必要な学費はすべて奨学金として援助する。未来への先行投資だ」

「……ちょっと、考える」

どんな言い回しをされようと、鼎に甘えてしまうことになる。

心はグラグラ揺れて、そうできたらどんなにいいだろうというほうへ傾いていたけれど、今すぐここでうなずくことはできない。

真顔で「考える」と返した夏芽の葛藤が伝わったのか、鼎は弄《いじ》っていた夏芽の指を離して手の甲を軽く叩いた。

「わかった。ゆっくり考えてくれ。でも、引っ越しは……早いほうがいいな」

「……それは決定なんだ？」

「異議がある？」

少しだけ不機嫌そうな顔で聞き返されて、頬を緩める。

完全無欠な大人になった……と思ったのに、そうして拗《す》ねたような言い方をされると、頼りない印象だった頃の鼎と重なって見える。

不安そうな目でこちらを見ていて……意地を張って、突き放すことができない。

「近いうちに、引っ越す。あまり多くないけど……荷物運び、手伝ってくれる？」

「もちろん」

夏芽の言葉に、ふっと緊張を解いて安堵の表情を浮かべるから、もっと甘やかしたくなる。

でも今は、ゆっくりと甘ったるい時間に浸っていられない。いつまでもだらだらしていたら、動けなくなりそうだ。

「バイト、行ってくる。夜は、ここに帰ってくるから……夕飯のお土産《みやげ》、なにがいい？　ホタテシュウマイも、チャーハンも美味いよ。あと、テイクアウトしても味が落ちないのは……」

しゃべりながら身体を起こして、脱ぎ捨てたシャツを探す。

ベッドの下でぐしゃぐしゃになっているのを見つけて身を乗り出そうとしたけれど、左手を握って動きを制される。

「……夏芽」

「え？」

振り向くと、片手を腕枕にしてこちらを見ている鼎と目が合った。夏芽の手を強く握り、短く口にする。

「夏芽だけでいい」

「バカ。おれは食えないだろ」

右手で鼎の手を叩いて、握られていた右手を引き抜く。熱い頬を見られたくないから、背中を向けてそそくさとベッドを下りた。

どうしても『夏芽』が食いたいのなら、チャーハンを薄焼き卵で包んで、ケチャップで『なつめ』と書いてやろうか。

そんなことが思いつく程度には……鼎に毒されている。

毎日好きだと告げるから

肩にかけていたバッグを下ろし、右手に持っていた紙袋をその脇に置いた。

「カナエに手伝ってもらう必要、なかったかも」

荷物が少ないこともあり、引っ越し作業は夏芽《なつめ》の住んでいたアパートと鼎《かなえ》の住む医院を兼ねたビルとの二往復で終わってしまった。冷蔵庫や洗濯機といった家電製品はもともと部屋に備えつけられていたものだったし、当初から仮住まいだと割り切っていたので、一月ほどのあいだに物を増やすこともなかった。

中華料理店のアルバイトを夕方からのシフトにしてもらい、医院が休診になる日曜日を選んだのだが、これなら中華料理店が休みの火曜日に夏芽一人で荷物を運び込んでしまえばよかったような気がする。

「手早く終わったのは、二人で運んだからだろ。夏芽一人だったら、倍……以上の時間がかかっていた。だから、俺と二人で作業をして正解」

そう笑う鼎は、なんでも独りで抱え込もうとする夏芽の癖を見透かしていて……それでいて、意地っ張りな夏芽の神経を逆撫《さかな》でしない言葉を選んでいるのだろう。

聞き分けのない子供を宥《なだ》めようとしているような口振りに、む……と唇《くちびる》を引き結ぶ。

反論できなくなった夏芽に、鼎は笑みを深くして顔を覗《のぞ》き込んできた。

「時間はたっぷりあるし、遅いランチを兼ねてどこか出かける？　デート」

「……デートじゃなくて、ただの街歩き。どこか、って……カナエとおれで、どこに行くんだよ。おれ、この辺りになにがあるのか知らないし、カナエとゲーセンとかカラオケっていうのもなぁ?」

ゲームセンターではしゃぐ鼎を想像しようとした夏芽だが、険しい表情で首を左右に振った。

違和感がとんでもない。恐ろしく場違いだ。

「じゃあ、適当に駅周辺をうろつこう。この辺りは夜になれば賑《にぎ》やかだけど、昼間は開店前で閉まっている店が多いから」

確かに、繁華街は夕方以降になれば人出が多くなるけれど、昼間は閑散としている。

夏芽は少し迷い、「いーよ」とうなずいた。

一時的な滞在地として、交通の便がよく住居費があまり高くないからという理由で選んだだけで、長居するつもりのなかった街だ。でも、今は……ここに腰《こし》を落ち着けようとしている自分が、なんだか不思議だった。

「じゃ、行くよ。ええと……ジャケットと、財布……スマホ。夏芽、上着がないと肌寒《はだざむ》いよ」

「……持ってねーもん。よく考えたら、夏物の服しかないや」

荷物が少ないことの、理由の一つだ。ここに来たのが秋から冬にかけてなら、さすがにコートやセーターを一つは持っていただろう。

夏芽の言葉を聞いた鼎が、何故《なぜ》か目を輝かせた……?

「ついでに、買い物をしよう。俺に見繕《みつくろ》わせくれる？　引っ越し祝いだ」

「……QJとかでいいんだけど」

若者向け量販店のものでいいと、あらかじめ釘《くぎ》を刺した夏芽に、鼎は目をしばたたかせて……無言で微笑を浮かべた。

「聞いてる？　つーか、自分のものくらい自分で買うし……カナエっ」

「聞いてる聞いてる。とりあえず、行こうか」

急かすように背中に手を当てられて、渋々と玄関先でスニーカーに足を入れる。

隣で革靴を履いていた鼎が、「靴もだな」とつぶやいたのは……聞かなかったことにしよう。


「だからさぁ、おれが自分の財布から払えるものにしてくれって言ったのに……こんなの無駄遣いだろ」

案内されたテーブルの下、手荷物入れにしてくださいと示された籠に置いた三つの紙袋を、チラリと見遣《みや》る。

籠からはみ出している紙袋は、一つがマウンテンパーカやカーディガンといった上着が収められていて、少し小振りのものには薄手のセーターに下着や靴下といったものが入っている。もう一つには、革のローファーとハイカットのキャンバスシューズの箱が重ねられている。

すべて鼎が「これがいい」と決めて、さっさとカードで支払いをしてしまったのだ。夏芽は、試着のためにマウンテンパーカに袖《そで》を通して靴を履き……さり気なく値札を確認しようとしたのに、巧みに鼎に阻止されてしまった。なので、きっと自分では払えない額だろうと想像するしかない。

「俺が夏芽に贈るものを、無駄だなんて言わないで欲しいな。少しずつ、いろいろ買い足していこう。部屋に雑貨や観葉植物を置いてもいいな。夏芽に、もっと居心地がいいと思ってもらえるように……」

どうやら鼎は、自分の住居が殺風景だということは自覚しているらしい。夏芽の好きにアレンジしろと言わんばかりの台詞《せりふ》に、「なんで？」と首を捻《ひね》る。

「おれの居心地のいいように、って……カナエの家だろ」

「あれ？　俺たちの……じゃないのか？　俺にとっては、夏芽がいてくれるだけで居心地が最高だから夏芽の好きにすればいい」

「……変なの」

そっぽを向いて、鼎から顔を背ける。

再会した鼎は変わったと思う部分も多いけれど、こういうところは五年前から変わらない。

よく言えば、素直……臆面もなくクサイ台詞を吐く、お坊《ぼっ》ちゃん。

顔が赤くなっていないだろうか、と視線を泳がせて……周囲のテーブルから送られてくる視線に気がついた。

それもそうか。女性グループが八割近く……残りは男女のカップルばかりの店内で、鼎と夏芽の二人組は異彩を放っている。

この店に入ると決めた時から覚悟していたとはいえ、主に女性たちからチラチラ投げかけられる視線が恥ずかしい。

背けていた顔を目の前のテーブルに戻したところで、ウエイターが近づいてきた。

「お待たせいたしました。秋のフルーツパンケーキと、ショコラ尽くしのスペシャルパフェ、特製卵サラダサンドとフルーツサンドのセットです」

「あ……どうも」

次々とテーブルに並べられたのは、夏芽には無縁だが見るからにSNS映えする盛り付けの、キラキラとしたスイーツが中心の白い皿だ。コーヒーカップとアイスティーのグラスだけだったテーブルの上が、一気に華やかになる。

夏芽が手を伸ばさず眺めているせいか、鼎が「どうぞ?」とパフェスプーンを差し出してきた。

「ジェラートが溶けるよ」

「うん……」

いただきます、と手を合わせておいて長いスプーンをパフェグラスに差し込む。色の違う三種類のジェラートを一口ずつ掬《すく》って味わい、冷たくて甘いと微笑《ほほえ》んだ。

「美味《おい》しい？」

「うん。カカオ八十パーセントのジェラート、苦いけど美味《うま》い。ホワイトチョコのジェラートが甘いから、丁度いいかも」

パフェグラスには、ダークチョコとミルクチョコ、ホワイトチョコのジェラートがこんもりと盛られている。グラスの底には硬めのコーヒーゼリーとミルクゼリーが詰められていて、溶けたジェラートがクリームの役割を果たしていて美味しい。

サイコロ状にカットされた胡桃《くるみ》たっぷりのブラウニーをスプーンに載せて口に放り込み、甘い……美味いと胡桃の塊をコリコリ噛《か》み締める。

「へぇ……味見させて」

「いーけど……」

パフェにスプーンを突っ込んだ夏芽は、ダークチョコとホワイトチョコのジェラートをたっぷり掬って、テーブル越しの鼎に持ち手のほうを差し出した。

「あれ？　あーん……じゃないんだ」

「……ふっざけんな、バカ。溶け……っ落ちる！　さっさと食え」

ジェラートがスプーンから滴り落ちそうになっていて、慌てて手を伸ばす。鼎は仕方なさそうにスプーンを受け取って、自分で口に入れた。

「甘い……苦い。面白いな」

感心したようにうなずいた鼎は、コーヒーを一口含んで卵サンドに手を伸ばした。パンケーキに添えられている柿と無花果《いちじく》を一切れずつ食べて、クリームたっぷりのパンケーキを齧《かじ》っている夏芽をじっと見詰める。

「食う？」

「うん……いや、パンケーキを食べている夏芽が可愛《かわい》いから見てるだけでいい。最近、年のせいか甘いものが胃にもたれるんだよなぁ」

「……なんでも年のせいにするなよ」

苦笑する鼎は、夏芽を眺めて本当に楽しそうな顔をしているから、照れ隠しで顔を伏せてどんどん食べ進めて行く。

テーブルの上に並べられていた皿がほぼ空になったところで、鼎が「満足？」と笑みを浮かべた。

「まぁ……気が済んだ。遙希《はるき》を連れてきてやれなかったのが、心残りだけど」

どこか店に入ろう、と鼎に言われた時にタイミングよく通りかかったところだったこともあり、店構えからして女性が好みそうなカフェに入った。

鼎は、この店を選んだ時もメニューを決めた時も黙って夏芽の好きにさせてくれたけれど、女性ばかりの店内に居心地悪そうな顔をするくせにどうしてここに入ったのか、疑問に思っているはずだ。

「遙希とこの街に来た日、バイト先を探すためうろうろしていた時に通りかかって……窓越しに見えたパフェやパンケーキに目を輝かせてたんだ。金がなかったのと、時間もなかったから『また今度な』って通り過ぎたんだけど……約束、果たしてやれなかったなぁ。結局おれだけで、遙希が食いたがってたものを食っちゃったし」

その後すぐ、夕食のために入った中華料理店で先輩と再会して、アルバイトとして雇ってもらえることになり……いつ『また今度』の約束を果たすために遙希を連れてきてあげようかとタイミングを見計らっているうちに、秋菜《あきな》が迎えに来てしまった。

豪華なパフェやフルーツたっぷりのパンケーキを前にした遙希は、どんな顔をしただろうと想像するしかない。

罪悪感というほど大袈裟《おおげさ》なものではないけれど、申し訳ないような気分で結露したパフェグラスを見ていると、鼎がテーブルの上を指先でトンと叩《たた》いた。

「ああ……でもそれなら、大きな意味での陰膳《かげぜん》ってやつかな」

「陰膳？」

聞き慣れない言葉を耳にした夏芽は、フルーツサンドの最後の一切れを見下ろすふりをしてうつむいていた顔を、ふらりと上げる。

テーブルの向こうの鼎は、恥ずかしいくらい優しい目をして夏芽を見ていたから、動悸《どうき》を誤魔化すために再び下を向く。

「いくつか、意味というか説があるんだけど……戦時中は出征した家族のため、今なら長期の旅行なんかで不在の家族のために、その人のことを思って食事を用意する。用意した食事は、留守を守る家族で食べて、同じものをみんなで食べている連帯感を持たせつつ……旅の途中で餓《う》えないようお祈りをする。安全祈願みたいなものと言えばいいかな」

「なんか、信仰とかそんなの？　おれ、神サマなんかいねーって罰当たりモノだから、よくわかんないけど」

曖昧に首を捻ると、鼎の指が皿に残っていたフルーツサンドを取り上げた。左右の手で二つに分けながら、言葉を続ける。

「信仰というより、慣習かな。だから、堅苦しい作法とかルールなんかない。心の問題だから、夏芽が遙希くんのことを考えて祈って、一緒に食べているつもりで口にする。それが一番大事だ。遙希くんにも、きっと伝わってるよ」

はい、と片割れを差し出されて反射的に受け取った。鼎がもう片方を口にするのを視界の端に捉えながら、苺《いちご》が覗くフルーツサンドに齧りつく。

生クリームとカスタードクリーム、それに苺やキウイフルーツに柑橘類《かんきつるい》……甘くて酸っぱくて、何故か鼻の奥がツンと痛くなる。

無言でフルーツサンドを咀嚼《そしゃく》して飲み込み、喉《のど》に詰まりそうになった塊をアイスティーで流した。

グラスをテーブルに置いてふっと息をついた直後、鼎の指が視界に映る。

「……クリームがついてる」

夏芽の唇の端を指先で拭《ぬぐ》うと、躊躇《ためら》いの欠片《かけら》もなくその指を舐《な》めた。

一瞬、なにが起きたのかわからなくて啞然《あぜん》とした夏芽だが、鼎と目が合ったと同時にカーッと顔が熱くなる。

「ヤメロ馬鹿！」

テーブルの上にあった紙ナプキンを投げつけても、鼎は楽しそうに笑っていた。

ふと、恐る恐る周囲を見回して……女性グループの視線を一手に集めていることに気づくと、勢いよく立ち上がる。

「帰るっ」

「あ、夏芽……」

一歩、二歩……出入り口に向かいかけて回れ右をすると、テーブルの隅にあった伝票に手を伸ばしかけた。けれど数秒出遅れて、鼎の手に取り上げられてしまう。

「……割り勘だからな」

凄《すご》んだ夏芽の声が聞こえていないかのように、スタスタとレジに向かう鼎の後を小走りで追いかける。

「カナエ、聞いてん――」

「記念すべき初デートなんだから、俺に格好つけさせてくれないか？」

「ッ……！」

この男は絶対に、わざと声を潜めずに言い放ったのだ。

レジ前で会計待ちをしている女性二人組と、レジの中にいる店員の女性の目が……耐えられない。

「おれっ、先に出てる！」

そそくさと逃げようとしたのに、鼎の手に腕を摑《つか》まれて足を止めた。

「あ、夏芽。忘れ物だ」

手に握らされたのは、小さな紙袋……一つ。残りの大きな二つは、鼎が持っている。

そっちを寄越せと言いたいのに、少しでも早くこの場を離れることを最優先して鼎に背中を向けた。

ガラス扉を出ると、数メートル歩いて足を止める。通りに背を向け、電信柱を目の前にしてぶつぶつと文句を零《こぼ》した。

「信じらんねー……しばらく、このあたり来れない。あの男には、恥ずかしいって感覚がないのか？」

「恥ずかしくないからね」

夏芽は独り言のつもりだったのに、すぐさま近距離から答えが返ってきてギョッとする。

慌てて振り向くと、手早く会計を終えたらしい鼎が立っていた。

「夏芽に毎日好きって言いたいし、世界中の人に俺の夏芽は可愛いって見せびらかしたいくらいだ」

恥の概念が欠如している……もしくは、夏芽とは『恥ずかしい』の感覚が異なるらしい鼎は、あの状況が本当に恥ずかしくなかったのか飄々《ひょうひょう》と笑っている。

「気配なく背後に立つな！　……おれは恥ずかしいよ。ヤメテクレ……あっ、先輩にも変なこと言うなよっ？」

今夜は鼎が、夏芽がアルバイト中の中華料理店へ夕食を食べに来ることになっている。古い知り合いと同居することになったから……という引っ越しの報告と、これまで夏芽が世話になったことについて挨拶《あいさつ》をしたいとかナントカ……。

これまでなんとも思っていなかったけれど、先輩にどんな挨拶をする気だと、不安になってきた。

「……変なことは言わないから、安心していいよ」

「絶対、約束だからなっ」

鼎を睨《にら》み上げる夏芽は、涙目になっていたかもしれない。鼎は、クスリと笑って左手の小指を絡ませてくる。

「うんうん。約束」

「……不安だ」

ぼやいた夏芽に無言で笑みを深くすると、「帰ろう」と歩き出す。……小指を、絡みつかせたまま……。

「だからっ！」

慌てて鼎の指を振り解《ほど》くと、明後日のほうを向いて肩を震わせて……笑うのを堪《こら》えているつもりらしい。

夏芽はムッと眉《まゆ》を顰《ひそ》めて、鼎をその場に残したまま早足で歩き出した。

「ごめん、夏芽。置いていかないでくれ。せっかくだから、一緒に帰ろう」

「ヤダ。家がわかんないなら、迷子《まいご》になってろ」

振り向くことなく言い返して、前だけ見て歩き続ける。

……顔が熱い。

毎日、好きだと言いたい？

その言い方ではまるで願望のようだが、既に一日に何度も実行していると……本人に自覚はないのだろうか。

あとがき

こんにちは、または初めまして。真崎ひかると申します。この度は、『さよならは言わせない』をお手に取ってくださり、ありがとうございました！

なんだか久々に、普通の人間しか出てこない話を書いた気がします……。半分獣の方や、人ではない方たちも好きですが、たまに『登場するキャラがすべて普通の人』を書きたくてうずうずすることがあります。

そしてある日、うずうずがピークに達してルチルの担当Hさんにダメ元で訴えました。「受も攻も普通の人で、ちょっと懐かしい雰囲気が漂う、ベタベタなお約束を詰め込んだ王道の昼メロが書きたいです……」

昨今の主流ではないだろうなぁと思いつつお伺いしたのですが、OKを出してくださったHさんには感謝です。

目指したのは、超がつく王道BL。隠し味（隠せていない気もしますが）に前世紀の昼メロ風味で、ラストは必ずハッピーエンドというところです。

たとえるなら、カフェではなく喫茶店。スパではなく銭湯。カフェラテではなくコーヒー牛乳。サーキュレーターではなく扇風機。プリンならプッ◯ンプリン。

……なんとなく伝わりましたでしょうか。

ラストで、そんなことだと思ったよ！　と突っ込みたくなる、予定調和のお約束を楽しんでいただけると嬉しいです。

イラストを描いてくださった陵クミコ先生、イメージピッタリの夏芽と鼎（＋チビ遙希）をありがとうございます。過去と現在、二パターンの鼎と夏芽を拝見できて幸せです。過去の夏芽はマイルドヤンキーな空気を漂わせてください……と、漠然としたイメージで丸投げしてしまい失礼いたしました。

でも、陵さんならピッタリな夏芽を生み出してくださると信じていました。もちろん、夏芽も鼎も期待通りです～。本当にありがとうございました！

担当H様、私の我儘を受け止めてくださりありがとうございます。今回も、とってもお世話になりました。気を抜けば沈み込んで蹲り、趣味のようにネガティブ思考に浸る厄介な人間で、申し訳ございません。起き上がるのを見守り、腕を引っ張り、背中を押し、どうにか動かしてくださるHさんには足を向けて寝られません。

ここまでおつき合いくださり、ありがとうございました。

これまでの日常が非日常となり、なにかと心身の疲労を感じる日々が続いているかと思います。現実を離れた物語の世界にお招きすることで、ちょっぴりでも休憩のお供をさせていただけましたら幸いです。
それでは、このあたりで失礼いたします。また、どこかでお逢いできますように。

二〇二〇年　今年も秋は短そうです　真崎ひかる

✦初出　さよならは言わせない………………書き下ろし
毎日好きだと告げるから……………書き下ろし

真崎ひかる先生、陵クミコ先生へのお便り、本作品に関するご意見、ご感想などは
〒151-0051 東京都渋谷区千駄ヶ谷 4-9-7
幻冬舎コミックス　ルチル文庫「さよならは言わせない」係まで。

幻冬舎ルチル文庫

さよならは言わせない

2020年10月20日　第1刷発行

✦著者	真崎ひかる　まさき ひかる
✦発行人	石原正康
✦発行元	株式会社 幻冬舎コミックス 〒151-0051 東京都渋谷区千駄ヶ谷 4-9-7 電話 03(5411)6431［編集］
✦発売元	株式会社 幻冬舎 〒151-0051 東京都渋谷区千駄ヶ谷 4-9-7 電話 03(5411)6222［営業］ 振替 00120-8-767643
✦印刷・製本所	中央精版印刷株式会社

✦検印廃止

ISBN978-4-344-84751-4　C0193　Printed in Japan